假装拥有这座城

小野酱 著

都 市 游 牧 者 的 生 活 记 录 和 思 考

上海三联书店

现代人的亲密，都披着件疏离的外衣。

假装，是我们保持体面的方式。

小野酱的文章看标题有一种生猛的感觉。一个创投圈的人，能坚持写作，去涤荡自己对生活的理解，我认为是一个很可贵的事情。这是她的第四本书，希望她能坚持写下去。

——**俞敏洪　新东方教育科技集团董事长**

我第一次见到小野酱的时候，她身上有一股成事儿的劲儿，这是我非常珍视的年轻人的品质。80后、85后、90后，他们成功的欲望就是中国经济最伟大的动力。小野酱虽然生长在资本圈，但是却能长出文艺的花。读她的文字，有一种横冲直撞的犀利，但也有看得见的温情。

——**盛希泰　洪泰基金创始合伙人/董事长**

人生的广度是做动词，而深度是做副词。

比如就说鼓励，最浅的层次就是我知道鼓励这个动词，你听到之后会恍然大悟，真对啊，太牛了；深入的层次是知道鼓励这个动词前后各有一个动词，鼓励之前要发现，鼓励之后要支持；没有发现的鼓励不会被接受，没有支持的鼓励没有价值。你听完之后，深深地陷入思考，太牛了，透彻！

再深入一点，你才知道鼓励这件事有多难，因为鼓励完整的三步是：一、独具慧眼地发现，二、毫无保留地鼓励，三、全力以赴地支持。人和人的差距起始于动词的连贯性上，终结于"独具慧眼""毫无保留""全力以赴"这样的副词上……

我喜欢小野酱的书，原因是她的书都是讲副词的……

——刘嘉　南京大学副教授 得到《概率论》主理人

和小野酱认识很久了，她在书里说她对于城市"像是一个闯入者"，挺喜欢这个说法，其实所谓朋友，也就是彼此生活的闯入者。如果让我拆一下"闯"字，那就是——生活为你打开了一扇门，放马过来。希望她继续闯下去，行万里路，写好多书。

——史炎　猫头鹰喜剧创始人

祝你写得流畅，过得洒脱，耍得翻天覆地。

——陈钢　河海大学学者，2008 年度中国十大"杰出 MBA 教授"

目录

Preface

拥有这座城（代序）

假装，是我们用力生活的痕迹。

我在很多城市旅居过，当然是因为工作或者学习的关系。虽然住过那么多城市，我从来不觉得拥有过它们。

　　我一直觉得自己对任何一个城市，既像是一个闯入者，也充当着观察者的角色。我不动声色地融入到人潮汹涌的都市背景中，如果不轻易去追溯，不轻易言语自己的过往，他们会认为我属于任何一个都市。

　　即使是刚去伦敦时，人家也没有觉得我跟伦敦有多么格格不入。

　　当我跟南方人聊天的时候，他们因为我不扭捏的性格，大概率会判断我是个北方人。有时候为了聊天的延续，我通常会说，是的，往上倒腾多少代，确实是从山东泰安附近迁徙到南方的。

　　跟真正的北方人聊天，又觉得我那点北方特质，在他们面前被瓦解得所剩无几。

　　去跟台湾人聊天，他们觉得你是个日本人，一上来，就是"扣你起哇"。

　　跟巴黎人聊天，他们大体觉得你是个韩国人，路上搭讪的男生不管三七二十一就"安尼哈塞哟"。

自己这种东西是需要通过跟别人的交流沟通，再映射回来。因此，当我游历过祖国的大部分城市以及世界上的一些主要城市后，那些我遇见的人给我的反馈，让我很难定义自己到底是哪里人。

我自己也很困惑，我到底应该怎么跟别人定义我是哪里人，如果把我旅居过的城市都算上，太多的成分在我的身上交织，每一个当地人的特点都有烙印，而每一个地方的烙印随着迁移，也变得不那么清晰。那么我到底是谁，这个问题似乎更难解释清楚。只要一个人不是一直居住在出生地，在成长的过程中产生过迁移，这个人在长大的过程中，一定会有某个时期，对自己的身份认同产生某种疑惑。

项飙老师在访谈中，也曾说过，自己在北大的时候也不觉得自己是北大的，自己在牛津也不觉得自己属于牛津。刘擎老师也在《十三邀》的访谈中提到这样的问题。当他们在诉说的时候，我终于在我混沌的思路中，找到了问题的答案，那一刻醍醐灌顶。

这些年，我生活在南京，上海，伦敦，包括此刻的北京。这些城市都有着些许的共性，我们生活在这里，但我们并不真的拥有这里。

越大的城市，越包容的城市，越不属于谁，生活在这里的我们只是假装拥有它们。

伦敦人问我，你来自哪里？

我说，我来自上海。

每每说完，我总是会想，我真的属于上海吗？我来上海这么久，我从来不觉得我属于上海。而我选择上海这个答案，不选择南京，某种程度上，也是某种相对体面的答案，也绕过了外国人对中国地理的不熟悉。

我也试着说过，我来自南京这样的答案。这很为难老外，毕竟在他们的认知中，中国的城市就是北京、上海、广州。一旦我说了南京这样的答案，他们就有无尽的问题，南京市靠近北京吗？还是靠近上海啊，还是靠近广州啊？

我说，靠近上海。

他就会说，哦，在上海的北边还是南边还是东边啊之类的问题。

他们可能补充道，哦，我从来没有听说过这个城市。

有时候，我不想跟一个老外有那么长篇幅的聊天。

我就会说，嗯，我来自上海。

老外通常会回复道，它是一座摩登的城市，时尚的城市，我很想去那里，或者我去过那里。这一篇就算翻过。

有些时候跟别人说自己是哪个地方的人，取决于你想跟对方在这个问题纠缠多久，或者你是否想跟对面聊天的攀亲带故。

我们已经太会了。

我可以假装拥有任何一个城市，我也可以假装自己不属于任何一个城市。

以至于，当南京人质疑我没有南京口音的时候，我只能笑着说：我啊，是一世界公民。听起来好像中气很足，还带着些许凡尔赛。实际上，背后是对自己身份认同的某种模糊。南京人可能也不会觉得你是南京人，上海人也不会觉得你是上海人，北京人当然更不用说，他没有手靠在耳后，大声喊着：您哪位啊！已经实属万幸。

临了了，还得跟别人表演一段，许久没有说过的南京话。

在我的认知里，南京是旧时的南京，也是我人格形成的地方。

上海是属于小布尔乔亚的上海。

北京是厚重的北京，连同它的雾霾都那么厚重。

伦敦是人类文明的聚集地，你在这里可以看到世界各种人民，也可以感受到世界各地的文明，你甚至因为看了英国的各大博物馆，而能在脑子里形成一个非常宏大的世界观。

假装是对身份认同感的解答，这不是一个多么精巧的答案，甚至带着某种妥协的意思。是我们生活在这里，保持体面的方式。

上海人总是喊着：亲。南京人越亲密，打招呼的爱称越是脏话。伦敦人喜欢问候就喊 sweetie（甜心）。北京人开头就是：您。都市人总是在制造亲密，但是又是真的疏离。

南京"大萝卜"，友好第一，精进有时候第二，讲感情。上海，海派文化，创业的热土，精英聚集，从名字上都得搞点英文名字。英文中文夹叙夹议。上海白领内心里觉得中国的城市配不上我，从来都是面朝黄浦江，内心在仰望世界的。英国就是真的多元的全球文化，讲平等，讲平权，讲人种多样化。

南京和上海的女生就很像，容貌焦虑，身材焦虑，白幼瘦审美，过度整容，女生们总是觉得跟那些精致的都市白领、明星们比起来，还是不够。她们心心念念，步步为营，不过是为了把苏北长大的王翠花变成 Floria。

被消费主义裹挟，买很多的奢侈品。也未必是真的需要，更像是社交货币，是社会认同感。

我们要的不是假装，我们追求的是融入。

伦敦没有这些 body shame（身材羞耻）文化，再丑都是老娘美爆了。但是，伦敦东区的来自利物浦的 country girl（乡村姑娘），也积极地想把自己的利物浦口音，努力练成做作且标准的伦敦口音。

我去看伦敦的一个展，墙上有这样的一句话：

人们不会假装失落，他们假装开心。

编辑老师问我，我们的书名是叫《假装拥有这座城》还是《假装 拥有 这座城》啊？

我说，这两个有什么区别吗？她说，你看一旦分开，那就有更多的情绪了。我们在书里书写了假装，我们在书里也写有那些城市，我们也在城市中写了跟这些城市的爱恨情仇，这不只是你的爱恨情仇，也是这个社会，很多年轻人的缩影，这是一个更广义的社会视角，而不单单是你这个人。

我们的假装是我们在用力生活的痕迹。

Chapter 01

章节一

假装 拥有这座城

我那在南方氤氲潮湿的氛围中生长出来的矫揉造作，

在真正的北方人面前时常被撕得稀碎。我自以为的粗

犷与粗砺，在华北大地上完全不值一提。

有人依然在跳舞

我来伦敦了，我在隔离。

我来伦敦的事情，没告诉几个人。因为，我怕解释，大部分人会质疑你。这个时候，你跑去伦敦干吗？在中国，不香吗？为什么要去伦敦？

表层解释就是，我想换个地方浪。

深层解释就算我说了，首先没几个人要听，其次听了可能还是不能理解。那就以后再说吧。

来伦敦隔离的这些天，总的感受是，岁月静好，云卷云舒。

但是，最架不住的，其实是国内亲朋好友对我生活苦大仇深的想象，主要表现为，我一天能收到十几个人给我发英国新冠疫情的数据，以及顺带质疑或赞扬我的这个跟大多数人相悖的选择。

"您是千里投毒啊！"

"真逆行者!"

"我还是没有理解,你这个时候出国是个什么意思?"

就像最初在上海隔离的时候,我的心态从未变过。不管新冠再怎么肆虐,生活还要继续,生活还要乐观地继续。我们不能改变事情本身,我们能改变的就是自己对待这件事的态度。新冠发生了,我都没有情绪去慌张,就梳理好,接下来几个月我要做的一些事情,以及该如何做。另外,也梳理了下,我要怎么注意防护,以及万一我中招了,我要采取什么措施。

来伦敦也一样,恐惧本身没有意义,它不能解决任何问题。我们所要做的是在大部分人恐惧的时候冷静。为了安全地坐飞机抵达,我很晚才选飞机座位,选择了一个只有我一个人一排的座位,不仅隔绝了大多数人,长途飞行时,还能躺着。

飞机上不能带酒精含量的免洗洗手液和湿巾,但是飞机上一般会发,我能做的就是勤洗手,尽量不要跟陌生人接触。虽然,我准备了防护服,但是从医学层面去分析,它是气溶胶传播,挡好主要部位其实就没什么问题。我在飞机上一直主动去洗手和主动跟空姐索要湿纸巾,以至于到伦敦这么久了,还有几张飞机上的湿纸巾没用完。

我给自己安排了接机,淘宝的那种,送到目的地,一路上没闲着,跟司机小哥沟通当地的新冠情况,防治情况,了解了一下大家是怎么做的。先收集足够多的信息再做事啊,老慌有个毛线用。慌神就坏事儿啊。

　　来了之后该隔离隔离，该交友交友，整个楼层的大致情况了解一遍，也就知道有的放矢的去寻求帮助。寻求帮助这件事也是需要管理型思维的。首先，你得确定人家有没有意愿会去帮你。第二，人家有没有能力帮你。

　　我第一天就烫伤了。我在隔离的情况下怎么配置好资源，让这手在不出门的情况下，恢复得差不多的呢？靠的也是这样的能力，遇事首先不要慌，思考怎么去解决。否则，在慌的时间，可能事情变得更糟了呢。

　　我甚至觉得，作为一个写作者，我能见证人类的进化过程中的小小挫折，从另一个角度说，它是另一种幸运。我读龙应台的《大江大海一九四九》就很羡慕，她能做那么近距离的时代的旁观者，这种天然的写作资源和条件，真是可遇不可求的。因此，我也觉得，现在的伦敦也会是我一个很好的写作取材的地方。

　　中国的朋友看到英国数据的每日更迭，总是想象着，我好像生活在一群患了新冠的人堆里，他们无时无刻不在趁机找我这只小可爱下手。虽然，朋友们对我的关心我很理解，但是，我作为一个相对理智的成年人，是有能力应对的。我来的时候，买了英国本地的医疗保险，另外这里承诺，如果我得了新冠免费治疗。另外，隔壁的隔壁，我不知道哪个隔壁，反正一个印度小哥得了新冠，四天自己就好了。

时间是非常宝贵的资源，如果时间能留着跳舞快乐，为什么要留给焦虑和慌张。

这个世界会好吗？

你看，有人依然在跳舞。

Citywalk[1] 是打开伦敦的正确姿势

漫长的隔离终于结束了，日子寡淡出鸟来，娱乐生活是做饭，围观楼下路过的车，以及去顶楼去鸟瞰伦敦夜景，当然还有学习。

对，我不是来玩的，我是来学习的。

因为好友一直盛情邀请我去他家做客，隔离期间说好几次了，隔离结束的第一件事是去超市买一些生活必需品，第二件事就是去朋友家吃饭。

吃完饭，觉得在家有点无聊，就去遛弯儿。开启了我们在伦敦第一次的 Citywalk。

出门游玩的时候，我是比较拒绝打优步以及自驾游的，出门是为了探索世界的，如果打优步和自驾游，本质上套在身上的壳并没有移走，只是换了一个摆放的空间。真正的认知一个城市，首先得把自己的包袱，那个壳——成见和自己，

---

1 城市漫步。本书注释如未加说明，即为编辑所加。

都慢慢放下。

伦敦这样一个历史丰厚的城市，打开它最好的方式就是Citywalk，眼耳口鼻舌身意，每一个感知的毛孔都被打得开开的，常在"范式生活"里的人，需要这样的"刺激"。把自己抛向不同空间构造，不同国度，不同思维方式，然后一一收到反馈，才知道自己到底是一个什么样的物种。

我们从他家出发，计划的目的地是砖巷（Brick Lane），上一次来伦敦玩就来过这里，每一个建筑群都有巨幅的涂鸦。假设伦敦是本书，那么这部分就是它的插画，是锻炼你艺术审美的好机会。

朱光潜先生在《谈美》这本书里，说到审美距离。涂鸦就是极好的审美距离解读的样本。远远看去，整面建筑围墙是巨幅的画作，颜色跳脱，构图破碎，感受到的是视觉震撼之美。走到不远不近的时候，发现看山就不是山了，这眼睛虽然是眼睛，但其实是一个鸟的变形，衣服也不是单纯的衣服，上面有各种各样的纹样，字体。再凑近一看，细节的描绘也经得起推敲，线条勾勒也有明暗关系的呈现，为伦敦街头艺术家们的想象加分。那些涂鸦也不是一直那样，有时候，你也会发现一面刚涂好的黑墙，在等待新的艺术家去创作。我一直坚定的认为，城市涂鸦在某种程度上，展现了城市对潮流文化、先锋文化的包容度，以及这个城市是否有活力。国内的城市，重庆和武汉是有如伦敦一样的涂鸦墙的。

我们从一条道走到底，完全不带转弯。从穆斯林区域走到了伦敦金融城，你像是走过了一个渐变的色彩条。如果小时候，认真上美术课的同学可能还记得，美术课有一节课是在同一种颜色里面加白色或者黑色来做这种色彩练习。我们大致也有这样的观感，从一个黑色人种区，满大街都是黑色人种，慢慢过渡到中东全部都是穆斯林的区域，面带头纱的各种穆斯林女子向我们走来，再继续往前走就到了伦敦金融城，跟陆家嘴一样，高楼林立，鳞次栉比，充满了现代气息，几乎都是欧洲的面孔，玻璃幕墙包裹着的是精英们的野心和梦想。

　　"得在工作日的时候，来附近的酒吧坐坐，感受下金融精英的生活，都是我未来的同事啊！"

　　"不不不，都是我未来的下属。"

　　"徐氏家族什么时候把这一片收了。"

　　我们无聊地斗着嘴，街景越来越明朗，人们的穿着也洋气了许多。

　　路过教堂，建筑，街边的精致小店，我们在阅读这座城市，我们也在试着读懂这座城市。我们不必吹毛求疵的去详读这个城市的每一个篇章，我们可以努力着和这个城市的历史，现在，未来发生共情。

　　城市越来越相似，攻略越来越不走心，可以不用先去看别人怎么去解读这座城市，而是我们自己用脚步丈量，用心去感知，带着对这个世界巨大的好奇和探索之心。这一路没有计划，没有攻略，有的是我们生来就有的眼耳口鼻，但是我们刻画了一个我们自己视角的伦敦。

真正的生活大概率不藏在那些包装好给你的展示中，它在每一个不知名的街角，每一个不起眼的铺子，每一个愿意感知生活的人的心里。

以逛超市为参照的社交货币的形成

伦敦封城了，大部分的商店是不开门的，唯有超市和食品店以及药店是必须开着的。所以，留学生们最多的业余生活，就是逛超市遛自己，毕竟学习又枯燥，伦敦天气又日常性不好，如果还不主动出门遛遛自己，很容易就自闭了。

我们周围的超市极为丰富，基本上在伦敦叫得上名号的都有了。

Wilko，M&S，Tesco，Sainsbury's，Lidl，Poundland，Waitrose，Morrisons……

这些超市按照高、中、低的档次，大致分为三类：

高端超市：以号称供应皇室的 M&S 为代表的第一梯队，它的成员还有 Waitrose。

大众超市：Sainsbury's，Tesco。

亲民路线：Lidl，Poundland，Wilko，Morrisons[1]。

---

1 此处皆为当地超市的名称。作者注。

有人的地方就会有江湖，有江湖的地方，就有一些微妙的层次划分。我的日常爱好是去群里喊不同的人逛超市，以获得第二天相对新鲜的食物补给。公寓群里吼一嗓子，一般都能喊到几个有遛弯儿需求的同学。

我对任何一家超市都没有什么忠诚度，我的逛超市原则就是，今天有兴致就跑远点的，或者探知点没怎么去过的，如果今天没兴致，就完成个任务完事儿。

组团遛弯儿，我通常会把主动权交给别的同学，大体是为了获取一些新的视角。给乐于分享的同学足够的空间去展示介绍，哪家的哪款食物好吃，毕竟你知道英国的黑暗料理从来都不是浪得虚名。就我自己的采购经验来说，失败率高达70%以上。我以前就是看品类买，比如：香肠，肉饼，肉丸子。在我的概念里，在中国这都是标品，能难吃到哪里去。可在英国就不能这么天真了，英国的香肠就是寡淡到连个咸味儿都没有，外层的皮，薄如蝉翼，稍微煎一煎就皮开肉绽。关键是，我们还买到过香肠里面放有大颗粒苹果的，飘出一大圈苹果粒的时候，我都震惊了。

我刚来的时候，发现公寓群内很多黑话。

——蹲一个下课一起去玛莎（M&S）的盆友。

——有人去等玫瑰（Waitrose）吗？

群里几乎每天都有这样的呼唤，我开始还不明白是什么意思，找其他舍友科普。因为顶着女王家供应商的名号，玛莎几乎成了中国很多留学生最热衷的购物场所。以至于常常看着一圈女生，背着玛莎的特殊亚麻质地的环保袋，自信地出门。等玫瑰也以它略高的物价、淡雅的格调、漂亮的陈列，位列留学生热爱逛的超市之一。

其他几个超市品类，我鲜有看到在群里被指名道姓，它们被笼统地称之为超市。在某种程度上，它们是不足以彰显品味和地位的，就是一般买菜的地方。

跟我去逛超市的女生们，大体上都能对玛莎的陈列区域以及日常购买的单品到底比别家好在哪里如数家珍。然后，最后临了还有很多女生丢一句，我跟你说，贵啊真的有贵的道理。

虽然，我每家超市都买过，但是，我还没有体验出它们的惊天差别。也可能是我以前的工作带来的影响，我先天自带批评性思维，觉得人类之所以有这样的内心划分不过是商家营销的结果。营销的人看准了人类的某种特性，热爱强调自己家产品的与众不同，来吸引相匹配的消费者，并且让他们为买单时贵出来的几块钱找一个正当的理由。

整个社会发展的趋势，已经从熟人社会进化到半熟社会再到陌生人社会。年轻人靠兴趣维系某种圈层关系，是一种必然的趋势。这种圈层或者以某种兴趣爱好为链接的关系，"兴趣""爱好"即为社交货币。

都有 AJ[1] 的人，他们就会有黑话，说艾锥。不在这个社交圈里面的人，断然不大明白。AJ 就是社交货币的一种。

玩盲盒的人，迅速开启说，泡泡玛特家的哪款我有，我怎么弄来的，怎么入坑的。盲盒也是社交货币的一种。

玩 cosplay（角色扮演），玩汉服，玩 JK[2]，物件和爱好本身就成了社交货币，这让人们融入某个圈层变为某种可能。大部分的社交货币，一方面是完成了圈层的划分，一方面是为了满足装的需求。

一起去逛超市，遛弯儿的人中，热爱玛莎和等玫瑰的，会形成某种圈子，这也是社交货币的一种。本来对这些超市，没有深刻感知的留学生，因为周围的人都在无数次地重复商家营销的那句"他们家是女王的供应商"，而愿意加入这样的群体。毕竟，这可能是我们这辈子离女王最近的时候。我有时候在想，女王家的货物，应该是"特供"的，跟我们这些普通百姓应该不是一个玩意儿。觉得玛莎和等玫瑰太远，只去 Tesco 和 Sainsbury 的也会形成某种圈子。

我们通过分享来发掘标志性的内心世界。比如，我们都热爱去等玫瑰。

然后，通过社交媒体，比如：微信，微博，发现彼此。

1　AJ 即 AIR JORDAN 系列球鞋，中文名飞人乔丹。
2　JK 是"じょしこうこうせい"（女子高校生）罗马音"jyoshi koukousei"的简写（取其中"J"和"K"）。此处指日系女高中生制服。

再通过加入这个群体，来获得群体认同感以及归属感。

公寓群里，后来因为需求和爱好，又细分了很多小的群，篮球群、健身群、摄影群、Citywalk 群。我不太喜欢聊天，水了一会儿摄影群，大家纷纷亮出自己能彰显身份的相机配置，不久的将来，因为相机的配置这个社交货币，又会细分出一些人民币玩家、技术流大师之类的。

这文是我胡说八道的，非要把逛超市分析出个四五六七八来，完全是闲的，看官们不要太当回事儿了。

人到了美术馆就会变得好看起来

此文的题目，是来自于陈丹青老师。

他的原话是：人到了美术馆会好看起来——有闲阶级，闲出视觉上的种种效果；文人雅士，则个个精于打扮，欧洲人气质尤佳。

我是个热爱逛美术馆和博物馆的人，你也可以说是某种程度的懒，导致了这种喜欢。你想想，博物馆和美术馆里，必须是自己地区的一等一的骄傲，才会展出，另外博物馆或者美术馆还会帮你按照历史年鉴一一捋顺，你看明白了一座城市的美术馆和博物馆，你就在短时间内快速地习得了这座城市。

我去过的美术馆应该是比绝大多数人多的，看过的美术馆和博物馆中，有数得上名号的，也有数不上名号的。有世界上海拔最高的西藏博物馆，也有可能大部分人都不知道的菲律宾本地薄荷岛（Bohol Island）上的博物馆，有藏品极其厉害的大英博物馆、卢浮宫、奥塞、橘园、维多利亚与艾尔伯特博物馆（Victoria and Albert Museum）、格林威治博物馆，也有国内的扛把子的博物院，有名古屋各大美术馆，也有濑户内海岛上的各大美术馆。不胜枚举，上海市内的各大画展得空都得去，去一个地方出差，博物馆美术馆都是必须要去的打卡之地。加上小时候读过百科全书，整个的记忆时间线就非常生动也牢固了。

看美术馆和博物馆是个体力加脑力的活儿，很容易就学不动了，一个展区来来回回地走，一天下来，走个一万步也实属正常。如果浮光掠影地看，一个博物馆一两个小时，溜一圈，绰绰有余。

如果要认真记忆，一如前两天我去英国国家美术馆，看了一下午，才将就着看了两三个世纪，就已经让我体力和脑力双重告急，走了十公里左右，晚上回家倒头就睡。

中国的博物馆和国外的博物馆感受上差别比较大。应该说，看博物馆这个活动本质上还没有融入我们的生活主体。国内最多的是寒暑假父母带着小孩去中国的比较大的博物馆，比如南京博物院、陕西博物院、故宫博物院……会请一个导游或者不请导游，溜达一圈，结束。算是父母带孩子在我国灿烂的历史里面遨游了一圈，学不学得会就看孩子自己造化了。所以，经常在中国的博物馆里看到大喊大叫瞎溜的熊孩子，他们并不想看，也看不懂。

国外的美术馆，我去了很多个，有些也去了很多次。他们的美术馆几乎都很安静，时常看到老师带着学生来这里上历史课和美术课。周末，你会看到一些家长提前做好预习工作，拿着张纸，带着孩子边看边讲解。或者有一些父母会跟着孩子一起，在美术馆中进行美术训练——素描或者速写。美术馆或者博物馆，当然不是随便看看就结束。如果真只是走过场，其实游乐园更好玩，毕竟美术馆里面不能大声喧闹，也不能到处奔跑。

　　我前几天又去了大英博物馆，其实已经记不清这是我第几次去，大概的行动路线和藏品位置，大部分已经了然于胸。这几个礼拜频繁出入各种博物馆、美术馆，把人类历史在心里面大概默写一遍。

　　看多了博物馆、美术馆，最大的好处是，迁移学习能力会变得很强。外国的时间表对照中国的发展时期，大致能估摸出来。你也能从各个地区的发展历史中，提炼出一些形而上的东西。比如：你也能发现，不管是两河流域还是华夏文明，或是地中海文明，人类的祖先从未商量过，但是他们的发展路径在很多时候是类似的。比如，大家对待宗教的态度是类似的，最好的最贵的最先进的东西都最先体现在宗教文明上。你会发现，全世界各个地方对于"剑"这个东西的理解是一样的，不管是哪一个地区，他们没有商量好，却能做出模样相似的"剑"的造型。你会发现，人类文明的发展，大部分是跟随技术的发展，而技术的标志是人们学会制造和使用新的工具。即使是世界各地的人没有商量过，你会发现，最先的陶器，在造型上几乎相当。你还会发现，不管是最早的文字还是最早的绘画艺术，开始都是为了记录生活的片段，另一层更深远的东西，其实是传承，把人类早先的文明，怎么祭祀，怎么使用工具，怎么打死了一头牛，怎么捕猎都好好地记录下来，以供后人参考。

人类的本质就是复读机，从12世纪的绘画到文艺复兴前的绘画，题材几乎都来自《圣经》，绘画作品主要围绕着耶稣的诞生、耶稣的受难、拯救世人之类的章节展开。只是不同时期，因为绘画技法和科学水平，人物的手、眼神、画面的构图是不太一样的。

文艺复兴之前，画中的人几乎都是眼神呆板，面部比例不太科学，画面中的透视关系也几乎没有。所有的耶稣和圣母马利亚的画作都取名为"the virgin and the child"[1]。画面中的耶稣的死法都是挂在十字架上，肋骨处有一道伤痕。更丰富一点的画面就会带上耶稣的门徒，比如：彼得和约翰。还有一些时候，画面中会有几个天使，其中有一个天使是告诉还是virgin的圣母马利亚你要生孩子的那个。

---

[1] 直译为"处女和那个孩子"。在早期的西方绘画中，大概是12世纪到14世纪左右，西方的绘画都是取材于《圣经》。圣母和耶稣的画标题基本上都是"the virgin and the kid"或"the virgin and the child"。作者注。

你会经常在这个时期的画作中，看到安插了一些神情和衣着跟主要画面不太一样的人，那些通常是这幅画的金主爸爸，他带资进组，让画作者给他和她的夫人留一席之地。

基本上，画面灰暗、人物呆板、姿势奇特的作品，都是文艺复兴前的作品。到文艺复兴时期，就进入了一个不一样的天地，人的眼部的刻画开始生动起来，面部圆润，气色红润，神采充满了生机。题材也开始丰富起来，不仅仅局限在宗教题材，出现了更多的生活气息，风景画和描绘生活场景的画作开始变多。

当然文艺复兴浩浩荡荡，有主战场也有附属战场。比如，在文艺复兴时期，你会看到意大利、法国的画作明亮，人物鲜明，衣着华丽，写实居多。比利时、荷兰或者爱尔兰这样的地区，也逐渐受到文艺复兴浪潮波及，不过画作相对质朴、平实，颜色也没有那么鲜亮。

艺术的本质是独特性，当人们厌倦了写实之后，又开始出现印象派、后印象派、野兽派、抽象派、解构主义、达达画派、波普艺术。于是就有了大家熟悉的一系列的画家，梵高、高更、马蒂斯、莫奈……

才开始逛美术馆和博物馆的时候，总觉得自己是附庸风雅而已，也不尽看得明白。认真扎进去之后，寻着博物馆、美术馆展出的人类智慧的碎片，加上之前自己看过的书，每看过一个博物馆或者美术馆，就点亮一块脑子里的模块。看过的越多，脑子就会越亮堂，那些碎片拼凑一起，变成一张完整的人类简史图。

因为喜欢看博物馆和美术馆，我变得更具有宏大的历史观，不是站在自己所处的这个世纪的时间节点去思考问题，而是站在人类文明的肩上去思考问题；于是，探寻到一些形而上的规律。

每一次阅读都指向一个目的地

一个人想装的时候，是拦不住的。

比如我下载了中世纪英语版本的《坎特伯雷故事集》。我以为以我的毅力是可以将它啃完，没想到中世纪英语就相当于文言文，读起来很不流畅。于是我放弃了，下载了个中文版本，又搞了一堆注释版本，终于在出发前夕，大体弄明白了这本书到底讲了个什么玩意儿。

这个世界上，像我这么认真，去一个目的地就做一些考证的人不多了。

每一次阅读都指向一个目的地。这次来到乔叟笔下的坎特伯雷，我要来看看被世人追捧的朝圣之地，到底有什么魔力。

去的那天一早大雾弥漫，坎特伯雷的老城门，石块堆砌，充满了岁月的包浆。没走几步看到几百年历史的 Royal Museum and Free Library[1]，在薄雾的笼罩之下，多了几分神

秘的气息，类似于霍格沃兹魔法学校，仿佛下一秒就有一些胯下有扫帚的人会飞出来。

街上的建筑，每一个都可圈可点充满岁月的痕迹。不曾被都市的审美打扰过，因而有着自己独特的美感，抵御了岁月的磨损，历久弥新。

街上的小店配色可爱，每一家店都有着老板对生活的态度。在一个垃圾垛的旁边，有一块小牌子，写着 Best Fish & Chips（最好的炸鱼和薯条）。我对炸鱼和薯条没有那么强的偏好。但是，作为英伦文化的一部分，我总是很愿意尝试的，去每个英国的小镇我都不忘记尝尝当地的炸鱼和薯条。

英国的薯条是蘸着醋和盐食用的，英国人会告诉你，这是英国的传统吃法，美国人才会蘸着番茄酱吃呢。鱼呢，一般都是 cod，也就是我们所说的鳕鱼。另外一种常见的鱼是 haddock，黑线鳕。这两种鱼在口感上没有太大的区别，我会觉得黑线鳕的肉更紧实一些。后来，晚饭时间，我们去了这家号称镇上最好的炸鱼和薯条店。

坐火车从伦敦到坎特伯雷大概是 25 磅左右。因为，多佛（Dover）的白崖也很有名，它跟坎特伯雷离很近，我们就把这两个地方安排在一起了。从坎特伯雷的汽车站买一张无限票去多佛的白崖。到了多佛镇上又是另外一幅绝美画面，能远远看到多佛的城堡。

路过一条河 River Stour[1]，河里的水草丰美，阳光映照，水草顺着河流摇曳生姿，如绿色的丝绒缎带一般。阳光折射在河面上，波光粼粼，像是一条点缀满宝石的项链。河水太通透了，水草好像是一块玻璃下面压着的标本。

一路往山上走，导航显示的是 A 路，路边指示牌指向 B 路，在这种大是大非面前我大意了，我听从了指示牌，给我们指向了一条机动车道。路上遇到一对下山的夫妇，他们说，这条路很难走啊，而且非常远。我们已经走了一段艰难的上山路，再折回再下山，时间成本太高了。

我作为领队，大手一挥，示意大家继续往前。真的是道阻且长啊，中午的大太阳太过灿烂，带着口罩的我，上气不接下气。眼看着路越来越难走，我甚至有一点后悔，带着大家走了这样一条路，更怕体力不支的小姐姐们怨恨我。在行进的途中，更是发现导航显示离目的地越来越远。我有点慌了，赶紧掏出手机来仔细核对，发现是导航错了，再加上路上零星有一些返程的人，推断应该方向没有错。一路上遇到了我没怎么见过的植被和野果子。

果然是，走对路发现自己，走错路发现世界。一个人是否真正地快乐，可能就是在走错路的时候，看他能不能也能欣赏路边的风景，及时地复盘调整方向。总之，我们没有跑

---

1 有译作斯陶尔河，流经英国肯特郡。

偏，非常欣慰。

稍微走了一段略前途不明的山路之后，我们迎来了从未有过的广阔视野，豁然开朗。有条不紊的多佛港口，来往的船只、太阳、大海，远处的白崖、城堡，一切的一切，一扫刚才的疲惫和不安。

迎面的英吉利海峡的风，断开的巨大的如白色慕斯一般的崖壁，几艘轮船从远处行驶而来……叹大自然的鬼斧神工，叹人类让这个港口变得更加鲜活。

一群人掏出手机拍照，都想定格这壮丽的景色。壮丽之所以壮丽，是因为有山，有云，有海，有目光无法穷尽的遥远感。不管是手机或者是相机，定然照不出万分之一的视觉震撼。

看到了多佛白崖的入口，一路沿着山路而去，看到各种各样的人，多佛的白崖跟布莱顿（Brighton）的比，少了几分犀利，多了几分柔情。它是蜿蜒的，是破碎的，是土地和海之间的暧昧的表达。在断裂延伸向海的部分，时常能看到一对对情侣，依偎在一起。你看着那些剪影，这大概就是"美好"。有天地，有海，有你我，有爱。

总是能遇到奔跑的狗狗，还有手脚并用的孩童。即使是觉得略难攀爬，孩子们也要跟着父母来领略这份不一样的美。因为白崖太过蜿蜒，很难拍出那种一眼望去直接的壮阔，更多的是需要眼睛自然地看，仔细地品味它的美。

走到山上，所有人的手机都没有了信号，有些人的手机直接跳成了法国时间。

沿着路一直往前走，乘公交车回到坎特伯雷小镇，心心念念要去坎特伯雷大教堂去看看，体验那些来朝圣的人到底是怎么样的一种心情。哥特式的教堂太美了。我脑补乔叟书里的剧情，想象着很多很多年前，一群人来这里朝拜，晚上围坐在一起，分享彼此的故事。

教堂在疫情期间，只接受祷告，不接受参观。为了一睹它的真容，我们几个唯物主义者，跟管家老爷爷说，我们要进去祷告。在我见过的教堂中，它的美是可以和巴黎圣母院的相比的。

彩色的窗棂，窗棂上记录着故事，有耶稣的各种姿态。抬头看教堂走廊的顶上，有各种徽章。我猜是英国各个城市的徽章。教堂的柱子并不完整，有侵蚀的痕迹，也有枪林弹雨的痕迹，一看就知道饱经岁月，充满故事。

中世纪的教堂，满眼尽是岁月沉淀的美感。路上遇见神父和修女，他们穿着黑色的袍服从你身边匆匆走过，让你很想去跟他们聊点啥。毕竟，相比较日常的生活，这是不太接触到的领域。

我在教堂里迷路了，走到一个破旧的私人小花园。残垣断壁，却又那么和谐。花草树木看起来并没有精心打理，青苔、粗砺的砖石、不知名的小花，放在一起有一种未经修饰的美。长椅上在窃窃私语的女孩，让整个花园鲜活起来。

走出教堂，教堂的屋顶上，透过树枝，一轮满月已经挂上。

走回小镇觅食，每一个街景，随便一构图，都可以是好看的电脑屏保。有时候幻想，自己如果每年能来这样的小镇，写一阵子书，是一件很有意思的事情。谁都不认识，一个外来者，悄无声息地观察着他们的生活，在这个城市的一隅，书写一些有的没的篇章。

来到乔叟笔下的坎特伯雷，我们借助了文字和想象相遇。

书还是要读的，因为每一次阅读都指向一个目的地。

再见康桥

再见，百度翻译说是客套话，分手时希望下次再见到。

我没有食言，当然剑桥也不会。

再见到康桥时，已经变了模样。

空耳到两三年前自己拖着巨大的行李箱从剑桥火车站出来的寂寞感，路上没几个行人，只听见箱子轱辘摩擦地面的声音，在寂静的街道上不能算是刺耳，但是多少有点突兀。

四月的剑桥，没有太阳的时候，吸一口空气中的冷冽，是我喜欢的感觉，会让脑子变得很清醒。

拖着箱子去到寄宿的人家，主人 Foudil 是北非人，在当地开了一个北非餐厅 Alcasbah，因为烤肉卖相和味道都不错，每天饭点宾朋满座。Kyle 是我的台湾朋友，是他介绍我来这里，Kyle 家的侄女侄子都在剑桥读书，也住在 Foudil 家。

那个时候，剑桥好安静哦。不知道是不是我来的时间问题，我觉得除了市中心的购物中心有很多人以外，这个城市很安静，人很少。晚上八点路上就没有什么人了。要是饿了，偶尔有中餐厅开着，路边的大狗，温顺地跟每一个路边的行人互动，娇嗔地想要得到路人更多抚摸。

剑桥这座城市是好看，或许是因为学霸多，人们穿着非常英伦得体。周末的集市总能遇见一些非常绅士淑女的老爷爷和老奶奶互相搀扶着。老奶奶们穿的都跟女王差不多的装束，不管多冷总是光腿穿着丝袜，带着小礼帽。她们跟路边卖咖啡的大爷闲聊，和卖可丽饼的帅哥打趣，有一搭没一搭地聊天，聊聊这座城市的过往与现在，然后，夸一句，你的手艺可真不错啊！就此告别。

康桥的柔波里，必须有一个撑着长篙的英格兰帅哥，跟你讲解这条河里的种种，国王学院、徐志摩、数学桥、叹息桥……苹果树的故事是假的。当你徜徉在剑河（Cam River），你能真真切切地感受到温柔，那一刻时光是在变慢的，静止的，连呼吸都情不自禁变得跟水流一样舒缓。

康桥的温柔当然不只那条河以及承载诗意的船，还有那一片可以供养你所有想撒欢儿动作的草坪。下午两三点的时候，躺在上面，不要有任何迟疑，不要怕有虫子或者会弄脏衣服，就席地而坐或者躺着，便能收获到一整天的能量和快乐，像一只慵懒的虫子，贪婪地享受着太阳的温暖。

国王学院看起来壮丽，对面的圣体钟依然金光闪闪，老远就能瞥见那光芒。那只巨大的蚱蜢依然在那里，表面有斑驳的金粉和血色，它是一个时间的吞噬者。英国人总是喜欢在重要的地方，用上拉丁文，这个钟表下面的铭文，取自于《圣经》: mundus transit et concupiscentia eius（这世界和其上的情欲都要过去）。

暮色降临时大部分的店铺都会关掉，总有一些宝藏的酒吧开着，比如：老鹰酒吧——科学家发现 DNA 双螺旋结构的地方。这里的铁板牛排也可以品尝一下，很厚实，很饱满，很多汁的口感。

以上大概就是我上一次来剑桥的光景，而这一次，感觉剑桥太热闹了，出火车站就是 Wework 创业中心，满大街的年轻人，以至于我记忆开始模糊，这个剑桥还是那个剑桥吗？

带着记忆的滤镜去每一个走过的角落验证，大草坪在太阳映照下，还是会让人很想在上面打滚儿，集市依然热闹，国王学院依然在那里。这次划船的帅哥比上一次的帅更多，还能背中文的《再别康桥》。我走到 Foudil 的餐厅，兴奋地跟服务员说，你们老板在吗？

服务员说，对不起，他在一个礼拜前去世了。

点了一份跟几年前一样的套餐，小哥哥用一样的技法端上来，是的，还是那个味道。

眼前浮现了，第一次来伦敦的时候，Foudil 拿着牌子迎接我的样子，举着牌子，那个乐呵呵的大叔，那一笑，让我觉得伦敦于我鲜活起来，不再那么冰冷。

　　Foudil，真的就挥一挥衣袖，作别了西边的云彩。

　　还好，餐厅还在，总有一些东西，是比生命更久远的。

搭讪与女性意识觉醒

在国内，我对自己的性别意识是模糊的。在职场训练下，你就是个战士，哪有什么男女之说。你就是黄鳝，雌雄同体。

大部分时候的我，更像是一个男性。以前公司的小朋友，都叫我"野哥"，一些男同事尊称我为"小野先生"。因为，宋庆龄就是被尊称为"先生"的。

化妆的习惯是被第一家公司老板逼的，不化一次，罚款五十。对于我当时的钱包来说，五十块也很重要。后来，变成了一种肌肉记忆。今天要主持活动，出席活动，见一些重要的人，那就稍微捯饬下，显得尊重，或者状态好一点。为取悦谁吗？大部分时候，我称之为训练有素的职业习惯。闲暇时候的化妆，是为了让自己开心，或者测评粉底液的持妆水平。毕竟，对于我以前的生活而言，需要时刻准备就绪，随时状态高昂。我衣服穿搭时常跳脱。一部分是因为小时候一直学美术，色彩感知力确实要敏锐一点。另一部分是因为我自觉人生的底色是灰色的，因此，在能躁的部分必须得是彩色的。

总之，在国内，我对自己的性别认知是相当模糊的，更多的时候，我会忘记自己还是女性这回事。特别是在职场的语境下，我会把自己女性的那一面压缩得几乎看不见。

我是如何意识到自己还是个女的这件事的，是在国外的大街上。我只要一个人出去，就经常会遇到一些搭讪。开始的时候，觉得可能是因为他们看到有个亚裔女性坐那喝咖啡或者发呆，想要表达下友好；也有可能觉得亚裔女性容易上手。但是，很多次之后，而且一些男生明显地表达出想要约炮或者交往的信号后，我突然意识到，哦，我是个女的，我在他们眼中是有某种两性间的吸引力的。

在这个时刻我突然体会到，曾经所看过的书中，对于两性互动的描写是真实的。当你在舔嘴唇或者撩头发的时候，真实地看到对面这位国外男性在直勾勾地看着你的嘴唇，并且问，我可以亲你吗？

当时，我气愤得要死，啥玩意儿，喝个咖啡，就要索吻吗？冷静下来，细想到文化的差异，以及别人约你喝咖啡的初衷。可能对方本来就是冲着约会来的，只有我自己不知道，觉得自己又蠢又好笑。

被搭讪多了，就想把它们做一点总结。

在英国，亚裔女性确实是很多欧美男性的天菜。曾经一个欧洲本土人，看到我就说："你长得好可爱啊，太好看了。我的前几任女朋友都是亚裔哎，有一任是香港的，有一任是台湾的。"我问："为什么如此中意亚裔女性?"他说："白人女性性格太过强悍了。遇到无法形成共识的事情，有些伴侣双方甚至要干架。而亚裔女性从体格上就相对要娇小一点，处理事情也会相对柔软一些。比如，同样遇到搭讪的事情，亚裔女性，不高兴就不理睬了。白人女性一言不合，就可能觉得是性骚扰，一巴掌就上去了。"

本来，在国内我还真觉得我虚胖得不行，在英国经常玩的中国男同学，私下里还没事揶揄我要减肥。但是，可能我在白人眼里是正好的，我没有求证过，不过国外确实没有body shame。什么样的体型，都能逛街时走出 T 台的范儿。跟她们的体格比，我真是人间刚刚好。

出生国籍的经济发展确实决定两性开放水平。在英国的大街上，我还被印度人搭讪过，高种姓印度人，长相上更像是白人，身高也会高一点。即使他们是出生在英国，是移民三代，他们还是受到印度文化的禁锢。基本上在处理两性关系上，还是保守的。可能因为宗教的关系，他们还是要遵守婚前不可以有性行为的规条。跟我搭讪的时候，也显得比欧美同学更加怯懦一些。聊天的话题，也如中国男生一样，先不着边际地乱聊一通，自己干吗的，父母干吗的，什么时候来的伦敦。我通常还会问一些，身份认同的问题。最后最后，可能半个小时一个小时过去了，哥们才会小心翼翼地问，我可以加你的 ins[1] 吗？

身高对于男性的自信影响很大。一个一米七左右的男生和一个一米八左右的男生，在跟你搭讪的自信度上有本质的差别，当然不排除性格的差异。但是，只要一个男生超过一米八，你就感觉到他跟你搭讪的底气，是更自恋和有攻击性的。他们当时心里大概想，呵，女人，我不信你会拒绝我！而一个一米七的男生一上来，先自下而上，注意，一定是自下而上地打量我一下，在话题切入后的一段时间，装作不经意地问一下我的身高。如果没有超过他们的真实身高，你都能感觉到他们长吁一口气的松弛。

无论多老的男性都在渴望更优质的两性关系。在诺丁山附近住了不少文艺名流，我莫名其妙在那里认识了一位比利时作家，他的书也被翻译成过意大利文和法文。他的年纪可以做我爸爸了，他的孩子跟我差不多大。但是，你觉得他不卑不亢，很有气质，也不会觉得油腻。就聊写书，聊着聊着，就聊到两性关系，不是色情的那种，就讲如何共建更好的两性关系。两个陌生人，就因为一杯咖啡聊了一下午，然后，各回各家，消失在彼此人生的视线里。

这些经历于我个人，当然是非常有意思的。你从世界的

1　社交软件 Instagram 的简写。

映照中，看到了久未被唤醒的那一面。在"女性意识"的解释中强调：女性是通过一定的学习后，在对自我性别认同的前提下，定义自己是一个什么样的人。对于社会强加给自己的性别责任和义务，用更思辨的角度去审视，思考，并且有选择地接受。

我以前觉得自己的自我认知还算是清晰的，后来发现，第一步都没有认知到，即在"认同自我性别的前提下"。

在伦敦丢失的夏天

给企业做估值模型，眼睛发花，累了，便去午休。下午醒来，却发现路人穿着外套、羽绒服在街上晃荡。明明是 7 月！我白天出门去超市时，还热得感觉外套多余。

然而，伦敦没有夏天，伦敦甚至并不需要空调。

往年活跃在包邮区，此时，早就热得容不下我的肉身。记忆中如若要吃一碗麻辣烫就跟刚从黄浦江捞上来一样。刘海儿也有自己的想法，早就劈叉得不能自已。空调总是不能停下来的，停下来几乎是燥热得干不好任何事情。常常是买个西瓜回家，对半切开，拿个勺子就擓[1] 着吃。一早起来撸的妆，往往在路上就已经面目全非，见客户的时候，讲起话来，偶像包袱早就不知道飘去哪里，回家一看，真是斑驳得好像远古的陶器仕女。

2020 年的夏天，一边准备出国，一边帮企业做咨询，印

---

1 读音为 kuǎi，意思为"舀"。

象最深刻的是又去了西藏，在珠穆朗玛峰底下给人讲课，讲到脑子缺氧。还有就是在安徽某地出差，当地的朋友接待了我们，当天被逼着喝了一大杯的白酒，吃了一整个羊头，回家就开始胃里各种泛滥。更早的夏天记忆，就是悠长的暑假。在家翻着各种自己零花钱买的杂志，《瑞丽》《ViVi》《上海服饰》《演讲与口才》，一大堆。我妈总是舍不得我出门，说会把白花花的我晒黑，也会偶尔打趣说："我这么拼，还不就是为了让我女儿过得舒服点。"没想到，我啥也没遗传到，"拼"这一点倒是有过之无不及。

来伦敦快一年了，别人问我有什么不一样吗？可能是一个人习惯了，并无觉察出有什么明显的不一样。但是，很多影响是润物细无声的，我想我跟一年前的我应该有很大的区别。伦敦好像没有夏天，或者说，伦敦没有那么炙热的夏天。伦敦人的家里几乎是没有空调的，特别热的日子也不是特别多，就两三周。他们的热，据说跟上海和南京比，更是功力差了不少。大部分热的时候，也就是中午那会儿，到了晚上还是需要有外套。

常常觉得伦敦离上海很远，远到我常常由于时差错过朋友们的信息。常常觉得伦敦离上海很近，上海说着下雨的时候，伦敦总是也在下雨。

6月初好像伦敦的夏天有那么些意思了，我又跑去英格兰中部溜达了一圈，顺便拐到了北爱尔兰了。记得北爱尔兰巨大的广告牌上写着它的经度纬度，北纬 54°36´西经 5°57´。再往前走一走到北纬 66°34´就是北极圈了。是的，此时的北爱尔兰也是没有丝毫的夏天的悸动。站在北爱尔兰的海边，感受着从爱尔兰海吹来的风，不小心还会脑壳疼。路上躁动的青年，喝完酒总是在路边撒野，这个城市的人有一种粗砺的原始的生命的张力。鼻钉唇钉脐钉，大面积的文身，呼之欲出的反叛。

等我从北爱尔兰回到伦敦，伦敦的天气又开始回归清冷，就像是一个要逼着你分手的男人，总是有一种咄咄逼人的凉气，更多的时候还伴着下雨。已经是 7 月的伦敦，今晚又是如此的清冷，清冷到外面的印巴小哥又把大棉袄子给穿上了。

近来，时常想念在中国过的炽热夏天。我的好友虎哥总怕我在这里孤独，时常问我有朋友吗？他们有趣吗？我这样的人，总能从林林总总的生活碎片中找寻到不一样的快乐。所以，有没有朋友，都还活得挺自得其乐的。近来，深觉朋友这个词的英文造词法绝妙：friend，它是以 end 结尾的，所以友情的结束颇为正常。我们总是高唱《友谊地久天长》，如若有，那一定是大家互相迁就包容的结果。友情这玩意儿就跟一个储蓄罐一样，大家都要往里面存钱的，如果有一方总是攫取，那肯定是不行的。

有时候学习、工作累了，就到楼下待会儿，吸一口冷冽的空气，能让脑子清醒不少，我讨厌混沌。虽然我在伦敦丢失了夏天，但是，我好像收获了比夏天更丰满的对生活的热烈体验。

你未曾捕捉过的上海角落

来上海，满打满算四年，对这座城市陌生又熟悉。我住在这里，但是，好像那些都与我不很相关。网红的咖啡馆、酒吧，有名的饭店，一切日常生活工作所能踏进的地方，都是我捕捉到的城市角落。

在这个城市的某些边边角角，有很多人们视线外的地方，而这些地方恰能引起我的好奇。它们共生在一个叫上海的壳下面，是未被大多数人洞见的隐秘角落。

这天，我随着做影视造型的虎哥，去挑选她下一部戏的男女主衣服，才得以见到这处地方，位于浦东高科西路下的"金煌煌市场"。这里号称魔都最大的二手服装市场，是传说中的古着[1]宝库。

---

1 古着，英文为 vintage。古着指在二手市场淘来的有年代而现在已经不生产的服饰，包括二手衣、包、鞋子。古着现在已经成为一种流行文化。二战之后，因为经济和环保主义的原因，国外很流行二手旧货买卖。一些旧服饰精美、稀少，有现在少见的设计，因此，很多国外懂时尚的人，都会选择古着。国内的明星为了不撞款和表现自己的时尚品味，也开始购买古着。作者注。

2012 年左右，我因为工作"考古"了一些杂志，喜欢上古着，不过当时在南京，知道这个的人还不太多，大部分的资料是从网上或者杂志上获取的，再通过信任的买手购买。2014 年我陆续买了一些古着服饰以及古董包。后来去欧洲旅游，总要去找找当地的古着市场，国外这种文化很盛行。法国、英国、日本都有爱好古着的族群以及文化。大部分时候，我买的这些款式，在我日常的工作中没有办法穿，但从中确实能洞察出以前欧洲或者日本的服饰独特的质感和在设计上的匠心。所以，那个时候我买古着纯是出于喜爱和好玩。

后来，有一年我穿了一整套的古着服饰回家。我跟我妈妈解释了半天。我妈妈说款式倒是蛮特别的，料子也很好，细节也不错，就是不会是死人的衣服吧？

不管是从 2008 年开始玩 cosplay，还是喜欢古着，我一直对于传统社会认知的时尚和正确没有那么在意。以至于我的同事，从来都说不懂我的时尚，却也忘不了我每次的穿着。我从没有想过我要活在某种价值观内。但是价值观其实就在那里，总有人要拿个尺子去衡量你。

有一回穿了件古着去公司，虎哥倒是一眼认出来了，这几年里面唯一一个看懂了的人，感人。古着跟一般衣服比，明眼人一眼就看出那种复古感，年代感，但是是精致的，细节处非常考究。一个领子处打蝴蝶结的衬衫，也会两边的长短帮你调好，要不一样长，并且在最后打好结的地方有一个暗扣固定，其他衣服的蝴蝶结我从来打不周正，都要试好几手。但是，我那件古着衬衫，确实一看就知道往什么方向打、怎么固定。

随着工作中遇见的人咖位越来越大，年岁越来越长，我穿古着的机会没有那么多，于是就放弃了。之前的放在家里也不舍得扔，总觉那是一种设计文化的传承。即使我的古着包从未用过，但是手柄处依然可见的繁复的巴洛克纹路，其实我也不知道它出自哪里，但是确实是一种不一样的美。

说回金煌煌市场，虽说它在魔都最大，但见到门头，倒也是寒酸。小小破破的门头，摇摇欲坠。虎哥大学时就开始逛这种地方，从安西服装市场一直追到高科西路，遇到一个老板娘，是认识数年的，还一起攀谈起来，以前在安西路的时候，如何如何好。

有两家店的老板娘非常时髦并且很懂搭配，行话讲叫：连带销售。我本来是不准备买什么的，在老板娘的各种推荐下，硬生生地买了三顶帽子，款式涵盖了复古、俏皮以及正经。虎哥这一类的采购人群，也挺有代表性的，因为戏是80年代的背景，现在的衣服怎么穿都太新了，做旧又很费时间和功夫大，效果也未必能达到。所以，不如买二手衣，有天然的做旧感，衣服的纹样和造型也是那个时代的，观众更容易有代入感。

我陪虎哥去采购剧组衣服，每次都有一种服装女工的感觉，全场也只有虎哥会非常专业地掏出量衣尺和我从未见过的服装造型图。因为他们有保密协议，虎哥不能向我透露关于演员服装的细节，光从她购买的衣服看，我脑子里已经大概构建了一个故事梗概。男女主的戏内造型往往就会置办好几袋，里里外外，不同场景。与我而言，我还是特别乐意去跟虎哥采购衣服的，总觉得这些不太庸常的生活场景，有一天会被写到我的小说里。

在这里能见到很多学设计的学生淘货。一部分可能是出于学习的目的，打版设计，捕捉灵感。一部分大概是因为金煌煌的衣服确实太便宜了。自己穿的话，500 块钱买 10 件都不稀奇。穿过破破烂烂的楼道时，看到楼道里有很多人在熨烫衣服并细致地处理衣服上的瑕疵，为的是让衣服的品相更好一点。

每一个隔间都有自己的风格或者售卖的品牌。比如，有一家是专门卖日本高档浴衣的，这些浴衣一摸材质就知道很棒，有不同花型和不同款式。他们还配套地卖一些和服和浴衣周边。还有一些隔间专门卖二手的奢侈品。在这个地方你可以瞥见任何品牌的二手货。正如你想的那样，一定是有真有假的。有一家专门卖箱子的，很多款箱子码放在门口，连上面的贴纸都有很多划痕，感觉陪上一个主人走过了许多的风景，看过了许多的美女。

不懂行的人看这个地方，连脚都不想下；懂行的人，觉得里面都是宝贝。古着的概念最近又开始火起来了，古着一词来源于日语。古着的衣服至少得20—30年前的东西，要有一定的设计价值，大多是顶级品牌的旧货。现在市面上流通的大部分是二手衣——被人穿过的，旧的，还有一定流通价值的衣服。像金煌煌市场这样的古着市场，一般货源都是广东某个镇。那里有用集装箱装载的来自日本、香港或者欧洲的货，经挑款后再发往上海等地。金煌煌的东西，大部分是来自日本的。

非常客观地说，日本货的品质和设计真的是可圈可点。金煌煌市场从那年7月份说关，我当年10月份去的时候还在。逛的人有钟情于二手衣服的小众族群、设计学院的学生、像虎哥这样的服装造型师，还有一些真的就是荷包不太宽松的普通百姓。

我在伦敦留学的时候，公寓隔壁房间的日本女孩，就读于圣马丁。她给我看的每一个独特单品都来自于伦敦的古着市场，经过她的改造，老衣服又焕发了某种生机。

金煌煌这种地方，我猜大部分人不愿意来。如电影《寄生虫》说的那样，这里的空气中弥漫着下等的地铁味儿。当我们锦衣玉食的时候，我们便放弃了对世界另一面的探知，因为我们觉得它们的存在就是不合理。

人生经不起揭穿

我哥病了，我哥不是男的，是个女的，是我的前前上司。我所有的关系好的女性朋友，最后都互称"哥"了。这说明什么，说明江湖地位！

因为司机停错了门，我几乎绕了整个瑞金医院一圈。瑞金医院的外围着实太过热闹，每一家都是沪上可圈可点的连锁店。瑞金医院对面的"阿大葱油饼"据说要排队三个小时，一个葱油饼而已。

我穿过热闹非凡的人流，小店卤味的食色，拐进长长的通道，医院里面就是另一番光景了。我第一次来瑞金医院，这个医院的植被太过繁茂，把这附近的几个街心公园的植被聚集在一起，似乎也赶不上这里。

N年前住在南京时，从家里看向外面，很远的地方，有一处植被极度茂盛，有机会我去那里跑步，再定睛一看，是一块墓地。

这一幕让我联想起以前的画面，遂拍照片发了朋友圈。有朋友回复说，都是来了就不让你走的意思。

我妈最近生病了。这是我们家这位坚强的钢铁女战士，在我跟她并肩作战那么多年的光景里，第二次在医院呆那么久的时日。加上最近朋友们频频传来一些丧气的消息，导致我整个人情绪没有办法非常饱满。

我是从来没觉得自己可以用中年来形容的，至今我依然觉得自己才20岁，虽然年岁也是悄悄逼近。去的路上，收到哥的同事等在手术室外时拍的照片，照片上的电子屏上显示着手术状态。屏幕上有好几个跟我哥相同的姓。我问，哪个是我哥？同事说，第二个！

我一看年纪，37岁了！在我心里，她好像永远是25的她，我一直是20岁的我，我们在一起真的一直都是挺幼稚的！在她30岁的时候，我认识她，那个时候我也觉得她就是25岁，大家都是年轻的肉体。

近来，听到这类的消息，有人生病或者死亡的消息，我都会像鸵鸟一样，听完先把手机放到一边冷静一下，捋捋思绪，捋捋情绪，想想自己可以做点什么，如果不能应该怎么办？想起一段时间，家里的长辈们相继去世的日子，总是会特别抽离地先把手头的事情处理好，再去接受这些个消息。一段时间反思，觉得自己颇为冷血。

回头想想，死了的人可以什么都不管不问了。其实，活着继续的人，才是更加艰苦的那位。我妈有段时间，由于失去外婆，老是会哭。于我繁重的工作来说，我是没有大段的时间去处理这些情绪的，大部分时候有些事情来得太快了，你只会下意识的去处理好事情本身，过了很久，才从自己心底小小的箱子里，像收拾一件旧衣服一样去收拾情绪，抖抖上面的灰和跳蚤，然后把它们熨熨平。

我们不是不怀念，只是每个人有不同的表达和对事物接受的节奏。

有天，跟客户在一起吃鱼，他说："你好像很喜欢吃鱼啊！"我说："是啊，小时候外婆总是会早晨很早去菜场，挑最新鲜的鱼，烧给我吃。"说出这些话的时候，我自己也惊了一下。其实，外婆已经去世很久了。

我们把对一个人的怀念和追忆，是揉进生活的每一个细小处的，揉进具体事物的。那种浓烈的情绪，都分解在生活的各处了，可能是吃鱼的时候，可能是过年的时候，可能是路过某家餐厅的时候，可能是看到那个摇着蒲扇的老人们的时候。现代人对于情感的处理，常常太过理性，参不透的人觉察出的是冷血。

年轻人常常问我：为什么？为什么城市越大，大家的关系越疏离？

等这些年轻人变成了真正的大人，他们不用我说，就会懂，因为他们也会发现，生活已经将他们以及他们的时间、他们的精力，撕碎。他们无暇顾及自己，他们上有老下有小，大部分人没有智慧到云淡风轻，大部分人会被生活的种种琐碎支解。

每一个人面对现实的时候，都是脆弱的。

那些所谓的铠甲，有时候不过是，当我们看到还有一些人，关心我们和记得我们的时候，我们会觉察出生命的意义，除了尚未实现梦想的砥砺前行，更多的是让喜欢你的人，爱你的人心安。

人生经不起揭穿，每个成年人演绎的情绪稳定背后，是私下已经崩溃过无数次。当每一个笑靥如花的长我几岁的姐姐，跟我笑谈生活的时候，你不知道，她曾经经历过多少不堪的现实的打击，她一定经过很长时间内心的斗争，才会接受这个不美好的世界和不完美的自己。

我帮哥拍了个小视频，我们用这种方式，去记录她人生挨过的三刀。其实，也没什么。我在 30 岁的时候，就觉得余下的时光，都是上帝赋予我额外的褒奖。我走出医院，迎面走过来一个喝醉了的中年男子，摇摇晃晃，嘴里嘟嘟囔囔。

穿过对面的巷子，阿大葱油饼小小的门面，因为是网红我多看了它一眼。下过雨的上海，真是美好，空气凉凉的，有些潮湿。上海上汽艺术中心门口，广场舞大妈穿着整齐划一的舞蹈服装，我觉得她们真有生命力，笑容真是美好。路过的国际友人，拿出相机给这番景象拍照。

一大群外国人，围在一个酒吧门口站着喝酒，像极了在伦敦金融城的附近的酒吧氛围。

我骑着单车，带着耳机，谁还不是个追风的少年啊！

这人世还是很值得再多看几眼的！

我边走边看，并记录下这些，告诉你们。

不　响

在伦敦的时候，外国人问我，你是哪里人？

基于大部分外国人对于中国城市的认知只有北上广深。

我会回答，我来自上海。

这个答案源于我确实在上海生活了好些年，在回答这个问题时，我坚定地认为，依然会在上海生活很久。即使，我并不出生在上海，可能未来的岁月也会将我"包浆"成一个新上海人。

可是，我也会在心里问自己，我真的觉得我属于上海吗？或者上海属于我吗？还是我们终将会是彼此的过客，我只是暂时借住在这里，它不属于我，我也不属于它。

而这种模糊的身份认同感，就像是南方潮湿温润的空气，一直暧昧着却不曾笃定。

有个奇妙的外力，好像加强了一下我跟上海的关联性。马骏丰导演的话剧《繁花》，这是一部沪语的话剧。出国前每次都想去看，但是就一直在出差，没有时间看。这次加场终于能看到了，约了上海土著纹子一起去看，一边看纹子还一边科普，搞花头，上只角，下只角，不响是什么意思。鉴于之前上海文化对我的浸润，加上最近在北京生活，越发觉得如若伦敦、北京、上海三座城市做一个选择，上海无疑是那个我最愿意亲近的城市。

另一部作品，是圣诞节晚上跟朋友一言吃饭，喝酒之余，她说等我把这个朋友圈发一下。我就好奇什么东西这么重要，一定要现在发朋友圈。就看见她推荐了《爱情神话》，我便顺手约了个朋友去看，这也是一部沪语演绎的电影。电影中的场景，是我日常会去的地方。回国后，我还没有认真地端详过上海，就被生活的进度条拖拽到北京了。电影中的咖啡店、杂货铺、五原路、延庆路好像自己也跟着电影走了一遍。

剧中的咖啡店太密集，连修鞋匠在修鞋之余都不忘记自己拿个咖啡壶，时不时来上一杯，这就很上海，市井与优雅同在。上海人喝咖啡，从来不说喝咖啡，说切咖啡，配上上海话的懒洋洋的声调，对我就很受用。

剧中"女人造反"的浓度也很高，我以为上海是女权主义的先锋城市。老白的前妻蓓蓓，穿着一板一眼，安分守己的样子，骨子里却不是的。众人也不知道离婚的原因是什么。蓓蓓在探戈舞厅门口道出了真相，她只是犯了一个全天下男人都会犯的错误。

Gloria 更是洒脱，有钱有闲，老公失踪。睡了老白之后，第一反应是要给老白打钱，这种看似戏谑的处理，在女生相对"强势"的上海，倒也显得合理。

倒是李小姐，可能是全剧中最不好拿捏的角色。更像是某个时期，部分上海女性的缩影。对于国外的向往，一心想去留学，未遂；嫁了一个老外，离婚，又赔了洋人两套房子。即使住在上海杂乱的老房子里，也依然维护着某种尊严。折了跟的 Jimmy Choo [1] 像是她生活的折射。上海女人骨子里是坚韧的，即使这样，也依然体面，不疾不徐，不紧不慢。

剧中有很多地方看似轻松地抛出宏大的议题。比如：三个女人在餐桌上遇见了，发了一段"女人没做过什么就不完整的论调"，也是全剧的高潮。

最后，大家围坐在一起看老乌生前提及的电影《爱情神话》，一帮人看也看不明白，老白起来给大家弄一点吃的。大家讨论上海的蝴蝶酥到底哪一家好吃，是国际饭店的还是天钥桥路上的好吃？我想起来有次活动遇到一个朋友，说她爸爸是国际饭店的主厨，特地给我们带了蝴蝶酥。又回忆起每次路过国际饭店都有老么长的人排队，又将我的回忆拉回了上海。

用上海话说，这部电影灵了灵了，让我更加想念上海。

1　Jimmy Choo，知名奢侈配饰品牌，以女鞋为核心产品。

这两部戏，一个讲的是上海的 90 年代，一个讲的是现在的上海。它们串在一起，白描一般地勾勒出一个鲜活的上海。市井，烟火气，浪漫，精致，暧昧，温润。

《繁花》里，遇到事情，春香就会虔诚地问上帝。

小毛会问："那上帝怎么说啦?"

春香说："上帝不响，像一切全由我定。"

如果，我问上帝，我算是上海人吗?

上帝不响，一切全由我定。

自从你离开南京……

《愿你往事不回首，余生不将就》一书去南京办签售会，是我的一个愿望。记得有个人说，如果你来南京签售，那么我要给你站台。

本来2月份出来的书，6月底才出来，他5月底走了。这次回南京办签售会，在高铁上我就在想着，嗨，人生真是戏谑啊！请嘉宾的时候，我又在想，嗯，你还欠我一次活动。真是太过分了，老陈！如果，你做我的嘉宾，我都能脑补那个场景，你可能会问哪些问题，然后要揶揄我。

书名为什么这么长，我好好奇啊，现在的这个书名怎么越变越长。越长越代表销量吗？

然后，再说一套学者角度的观点：要对流行文化持以观望的态度，不要过分的迷恋流行文化，那些速生速朽的东西，有时候还有些粗俗。

或者你会翻开其中的某一页，读一读，然后问我，这什么意思啊？怎么会有这么奇怪的视角？

或者还有可能问我，怎么不请你写序啊，是嫌你文笔不够好吗？

那我只能诚实地说，怕亵渎了您学者的身份，毕竟我的书那么不正经。

你可能还会问，为什么写书不正正经经去写？

或者还有可能根据你的审美，去吐槽封面的骚粉色，觉得那不是淑女会用的颜色，淑女就应该挑一些高级灰的色系之类的。做一个淑女，是你喜欢告诫我的话。

也极度有可能你一个人独霸全场，我见缝插针地说不上几句话。毕竟你太喜欢掌控全局，兴奋处还手舞足蹈，跟下面的人互动。

我又想到每次回南京出租车上听到你的广播或者电视上看到你的片段，都会拍下来给你，兴奋地跟你说：超级亲切的，一回来就听到你的声音。我不知疲倦，每次都发给你。

你可能内心很开心，但是表面还是要故作正经地说，作家的话啊，不可信。

我一直在思考，虽然结课后不常联系，为什么你对我个人的影响那么深。想想是很久没有遇到那么纯粹的学者的感觉了。在这个时代，我们看到的纯粹都太少了，那些纯粹的事情才显得那么可爱。你上课时给予我们多元的看世界的视角，也展现了面对时代变迁时你的坚守。你一直要求我们应该做一个什么样的人。

坐在学弟的车上，听到学弟跟一位老师通电话，对方说：为什么陈钢老师的朋友圈三个月没有更新了，是最近在忙什么吗？

学弟惊讶地问：您不知道吗？陈钢老师去世了。您不知道吗？他讲课倒在了讲台上，脑溢血。

电话里，声音停一下。我叹了一口气。

好像这么写这件事，显得有点矫情，但是，这是我这阵子脑子里存放的一件事情。

回到南京依然很亲切，总是有很多平时不常联系的朋友蹦出来，让我感受到这座城市的温度以及情感的流动。南京的读者见面会，我很感谢南大软件学院的刘嘉教授和社会学者侯印国老师，虽然是我们三个人的对话，但是我倾听的时候觉得学到了很多。以及感谢南大陈振宇教授从见到我那一刻就吧啦吧啦说的那些话，我感受到了信任。

老陈，我的南京见面会还不赖，如果有你的话，应该会增添更多的乐趣。脑中响起一首歌，但是，我却没法儿跟你说了。

虽然矫情，但是真实。谢谢你带给我们正面的、纯粹的能量。

鬼市里的"活闹鬼"

南京话里面有一个形容词叫：活闹鬼。最早说的是小混混古惑仔的意思。我觉得有时候可以引申为，没有正当职业的人，所谓正当职业，参照996那种。

鬼市，最早听说是出现在《河神》这部电视剧，异常神秘，有自己的规则和行为逻辑，最重要的是见不得光，半夜里出来，凌晨消失。买卖的东西也见不得光，来路不明，时常有一些尖货或者稀奇玩意儿。真假也不好说，鱼目混珠，您要是看上了，就砍个价，这里砍价都是可以打骨折那种的折。若是卖家应了你这个价格，您买定离手，回头要是有什么问题，老板断然也不会认账。

全国各地好些地方都有鬼市，北京的据说很大，广州的据说洋货比较多，还有重庆的，西安的，南京的。你说它到底多神秘？也没什么神秘的，就是一旧货市场。你若会淘，那确实宝贝不少。你若底蕴跟不上，怕都是一些垃圾。我好奇那地儿，攒了一圈好友去鬼市转悠。

南京摄影圈内有名的邱老师是鬼市老手，没有妹子，喜欢半夜出门思考人生。家里好些摆件都是鬼市买的，价格叹为观止，便宜到跳楼价，东西的品质也很好，好些旧货历久弥新。

他家里有80年代跳迪斯科的那种大喇叭音响。邱老师虽然一男的，但长发及腰，穿个大喇叭裤，手里捧着这个大音响，整个一"社会青年"。

家里还有一些不知道哪个路数来的娃娃，各个做工良好，欧美古着风格，跟我说是鬼市淘来的，二十块。还有古典打字机，五十块钱鬼市淘来的，邱老师说，有颜色没颜色价格也有差别。另外就是从鬼市买来的写着1920年产的留声机，黑色胶片放上去，还能吱吱地发出声音来，岁月从来没有对这个物件造成什么影响。

这些都是些小物件，最大的物件是从鬼市淘来的风琴，他自己生生扛回来的，才四百块。我的南京鸽友市民王先生，为了在我们面前显示自己的艺术细胞，愣是弹出一曲我忘记了叫什么歌曲的，反正就是古典钢琴曲。鬼市淘来的尤克里里依然还能弹拨出欢快的曲子，气氛一度很欢乐，让我们对鬼市更加充满了憧憬。

我只是好奇，为什么人们会自发地形成了这样的集市？并且到底有什么样的我没有见过的旧物件？到底是什么样的人，一直光顾这样的地方，让"鬼市"这个交易形式从宋朝一直沿用至今？

南京的鬼市，周五和周六晚上大概 11 点或者 12 点开始营业。其他地方我没有考证，我去的那一块是集庆门城门下，一整条长街。

考古历史说，鬼市主要的东西是以估衣为主，估衣也就是旧衣服。这好理解，我确实也在南京的鬼市看到了不少卖旧衣服和旧鞋子的摊位，不问来路。逛的人都自己带一把鬼市必备道具——手电筒。如果头一回逛鬼市，不知道手电筒这件事，一般鬼市的顶头都会有的卖，十块钱一把。

考证了一些资料说，因为一些贵族子弟家族没落也会去卖一些自家的东西，主要是好一面子，白天出门说卖自己家什，多掉份儿。晚上出来在鬼市，反正也看不清谁是谁，那灯笼那手电只能照物件不能照人。另外就是一些鸡鸣狗盗之辈，偷了些晚上摆个摊，也是一个出路。

刚走进鬼市，硕大的一个男性玉制生殖器印入眼帘，当下我就被震撼到了，城里人这么会玩吗？到底是什么人制作出这样的东西，并且会有什么人供奉这个物件呢？

没走两步，地上一整团的数据线，像整了个人工的盘丝洞一样扔在地上，旁边有个纸牌子，数据线十块钱一根儿，敢情如果您想买，您还得自己把这线理理，这乱七八糟的数据线旁边，就是一大坨各式各样的移动电源，也是十元。

走两步，一个裸女油画印入眼帘，哟，这西洋艺术也在这里能看到啊。裸女妖娆的在鬼市之中，时不时有人撇一眼。市井之地，如此高雅做作的作品，好像是一种行为艺术。

随手一摸，一个巨大的银锭，表面腐蚀得不成样子，真假难辨。银锭旁边是清朝官员头上的顶戴花翎。顺手把玩拿起一个金属的物件，发现是倒币。盒子枪躺在象棋中间，你不知道这枪到底是道具还是真家伙。

有一个档口都是卖以前的磁带的，从邓丽君的靡靡之音到周杰伦的啥都听不清，各种款式花样都有。卖胶片的摊位大叔一看就是有品味的硬派男士。你都不知道以前的奖状镶嵌在玻璃框里面到底有什么好卖的，但是就是有人拿来作为一个贩卖的项目。

有一个档口见着高端，全是二手相机，不懂行的我，也不敢问也不敢说。就看着一群人围着，各种询价。小霸王学习机，全套完整的包装壳也有人拿出来卖。喝了一半的咖啡有人卖，喝了一口的酒也有人卖，黄色液体的五粮液剑南春，也在某个角落静静地躺着。

电视剧里面，那种需要手拨的洞拐洞拐的电报机抱着残躯在摊位上，等着有人要把它收走，老旧的留声机在树影斑驳处犹见一丝金属的质感。

一辆电动车迅速地穿过我们，跟某个店家交易完就风一样地消失在人群里，邱老师说，这都是高端玩家来拿货的，有些人从这里拿了尖货，白天又到商店里去卖。鬼市的路边摊也可圈可点，一帮人工作数年，似乎很久没有品尝过这样的乐趣了，酣畅地站着撸了几串，觉得暗爽。

打卡鬼市，一个城市的鬼市就像是一个城市的行为艺术，跳蚤市场映衬着底层众生。这里出现什么都不奇怪，一切皆可盘，一切皆可卖。

鬼市没有"鬼"，顶多能称之为"活闹鬼"。

关于南京衰退的记忆

离开南京有一些时日了，回南京的机会也变得非常少。在第一本书中，写过一篇南京的文章，有些许矫情叫：《C大调的城》。以前写文章喜欢听纯音乐，钢琴或者提琴类的。写那篇文章的时候，恰巧在听巴赫的《C大调前奏曲》，那个平静的，流淌的感觉，非常舒展的内心感受，就是我对南京这座城市的感受。

即使，这些年回南京的时间越来越少。但是，每次回去，依然都会有一种很雀跃的松弛感。从上海回到南京的时候，觉得那个空气都是正正好好的干湿度。在南京的生活可以说是安逸且一直能望到头。我大概能猜出我的职业路径，也能猜出我接下来的生活。我对这样的生活是有恐惧的，我觉得如果没有改变，我的灵魂就如同死了一样。

周轶君在最新一期的《圆桌派》中提到了一位日本的作曲家，在作曲的时候，刻意地追求某种不舒适感。而这种刻意的追求的不舒适感反而成就了这位作曲家。

我大抵上也是这种人。

在南京的生活太安逸，就是它的原罪。南京生活的舒适度很高，我时常觉得它容得下我的肉身，容不下我的灵魂。我总有一种想要出走的欲望，向更广阔的世界探索的欲望。我换了工作，离开了南京。有一阵子，我坚信我跟上海只是玩玩，我还是会乖乖回到南京的怀抱。因此，当年离开南京也只是带了一个 24 寸的箱子和简单的换洗衣物。谁曾想，这一走，便没有再回头，像极了一个渣女，说好的一起到白头，我半路跟别人走了。

乘高铁回南京，当通过黑黢黢很漫长没有信号的隧道时，就知道，南京南站快要到了。下车永远都是奔向家门口的鸭血粉丝汤店，点一份鸭血粉丝汤加上一份鸡汁汤包，你的胃永远很诚实，它会告诉你，你究竟来自哪里。

南京的好友，也因为太忙而变得鲜有联系。回国后，有一些南京朋友主动联系我，想找我聊聊人生，想看看我这些年的变化。因为忙于出差和工作，而无数次地错过。说起来有时候不是不想见，只是大家错过彼此的成长岁月，太长太久，我甚至不知道要从哪一行开始讲起。生命里已经过去的一页能不翻就不翻了吧，生怕往事的尘埃扬起，迷了眼睛。想起那些过去的岁月，我们坐在岔路口的串店撸串，说着不着边际的话。而当我现在想找你们说不着边际的话时，你们却跟我说，还是希望说一些实际的话，能合作到的，能促成一些事情的。这让我感到感伤，我看着你们的脸越来越模糊。

我再也无法脱口而出，南京的市井方言。因为，外地的朋友很难理解，大家会觉得真是太脏了！只有南京人才懂，那是只有跟人足够熟络和亲近才可以脱口而出的话。那些常用的词句，都藏在了记忆深处，只要没人带我去讲，那片语言区域就会变得迟钝。甚至，现在跟南京的合作伙伴聊项目，大家都会心照不宣地使用普通话。说不出来哪里有点怪，可能我们都太文明和礼貌了，说不出的疏离感。

前几天打车，北京的司机师傅问我，你们南京有什么好吃的好玩的。我想了想，大概有七家湾的牛肉锅贴、老门东的糖芋苗，大排档的美龄粥，新街口的皮肚面，咸亨酒店的臭豆腐，老西门的盐水鸭，夫子庙的爱马仕炒饭、柴火馄饨，随便什么菜市场门口的南京烤鸭，随便什么小店的鸭血粉丝汤，鸡汁汤包。哼！没有一只鸭子能活着离开南京！话说这些我已经很久很久未曾吃过了。

笑着跟师傅说，我教你一句南京方言，顶顶好用：阿要辣油啊！

师傅北方人，从他嘴里蹦出来，好像是一句神奇的咒语，我俩都笑了。当我目光飘向窗外，我看见帝都万家灯火，"南京，我有一丝想它"。

颐和路的怀旧，美龄宫的鸟瞰，秦淮河的市井，先锋书店的异乡者。南大、东南、河海、南师大几所大学贯穿在一起，很多很多的梧桐树，我们寻找着诗意。

老友叙旧，提及往昔，她赞叹我做每一个决定的果敢，总是一骑红尘而去的决绝。她说："我在你身上看到了坚持累积的复利增长。我曾经觉得你做到的事儿，如果我想做，肯定也能做到，但我现在一点都不这么想了。即使我现在开始努力，我也达不到你的抗压度和坚韧性。"

她说："从你敢只身去上海开启新职业阶段开始，其实我们就不一样了。"

我沉默良久不知道如何回应，我也未曾想过，离开南京后，似乎就再也回不去了。

写到这里，我脑子里像动画24格的赛璐璐片一样，连续地播放着南京好朋友们的脸，那些笑靥依旧亲切，让我每每想到都依然觉得温暖。

网约车构建的访谈关系

在北京的日子，天气好的时候，我就骑自行车上下班，你看到路边的饭馆，热腾腾的食物，广场上抖空竹的大爷，跳广场舞的大妈，你总能找到生活的真实感。

天气不好的时候，我就打车，逮着哪个司机都能聊上几句，那是另一种真实，是他们讲述他们故事的真实。他们跟我讲述故事的时候，没有包袱，充满了坦诚，可能因为我作为一个陌生人，并不会夹杂着过多的评判的情绪。

网约车司机大多是外地人，开出租的也很难碰到北京市区的人，即使是北京人也大多是怀柔，密云这些地方的北京人。他们对真正的北京也没有归属感，有些司机回忆说，小时候他们把来北京描述成上北京去。

通常我们的对话开始于师傅的口音，我在辨别口音上还算在行，一般都能猜得八九不离十，师傅总是会惊讶于我准确的答案。然后，就能聊开了。

其中一位，只开了一个月，是从东北来的。黑吉辽虽然都是东北，但这几个地方的方言不尽相同。

我上车就问："师傅你是东北的吧，听口音感觉是哈尔滨的啊。"东北三省，黑龙江的方言会更方言一点。

师傅便自己说出了自己的故事：从东北来的，在家没活儿干了。寻思来北京开出租车，能赚点回家过年。说每天赚的那点钱，刚好支付租车的钱，没赚着钱，都不想回去了。

他一路上抱怨北京的交通，感觉没有什么时候不堵的。

我应和道，北京的交通规划好像是用脚趾头规划的，完全没有动脑筋。

哥们乐了，说，您不是北京人？

我俩就一起吐槽北京，他一路挺开心，说好长时间没跟人这么聊天了。姐你是个明白人啊！

有时候能打到一辆豪车，通常这些哥们一定有一肚子哀怨的故事。

我上车就问："师傅您这是业余开车的吧！"

师傅就会问："你咋知道的。"

"很少有人开宝马 SUV 做网约车的。"

果不其然，碰到一位旅行社的老板，说好不容易疫情消停了点，以为能开张了，没想到疫情又反复了，只能出来开开网约车。

然后，一路上，师傅就给我讲他遇到的奇葩客户，有钱的，闹事儿的。

也有前十年发了一笔横财，这几年赔光的。

有心无心的还问我一句，你说，怎么别人干啥啥成，我干啥啥不成呢！

我说，做事情还是需要看行业积累的吧，你不能看别人干什么你就去干什么，这样多半可能成不了吧。

他突然悟道："你说的好像没有错啊！我之前靠运气挣的钱，这几年都赔掉了。刚开始看着自己赚的钱，一点点一点点消耗没有的时候，还有点心里过不去，很消极，很难过，不愿意接受这个现实。后来，发现逃避没有用啊，还是得想办法赚钱啊，要接受现实啊。看看好像也不只我一个人这样，这几年大家都日子不好过，我心里也就舒服点了。出来开开车，每天赚点零花钱也没那么差。"

印象深刻的是碰到一位聋哑人，一上车就看见贴着的 A4 纸大小的字条。

——我是聋哑人，请上车告诉我您手机后四位的数字。

——我的开车技术您可以放心，我会按照导航走的，如果我走错了，请您不要生气，您来重新导航就好。下车前，请检查好您的随身物品。如果方便的话，记得给我五星好评。

我第一次坐聋哑人的车，可能有些感官的缺失，他所有的动作幅度都很大，他敲击屏幕的声音很大，他开车的过程非常猛，总是突然地刹车，突然地启动，搞得我有一点想吐的感觉。

我下车后，想跟他示意再见，我示意了好几遍，他都没有感受到。突然间，在我快要放弃的时候，他看见了我，用力地挥舞着手。

我感受到一种善意的流动。希望他每次接的客人，都是很和善，不那么暴躁。

也有碰到北京土著的时候，多半是对北京人文地理知识的巩固。对于卤煮，豆汁儿我倒是没有那么钟爱，每回师傅聊起涮肉或者羊蝎子，配上北京人特有描述事情的故事性，你都能感知到师傅边描述边在吞咽口水。

——姑娘，你知道这个北京的麻酱啊，就跟别的地方不一样。我们叫二八酱，就是芝麻酱里头得搁上一点花生酱，得一边和着一边放点水，放点生抽，米醋，香油。灵魂是什么呢，最后吃的时候，搁一点腐乳，点上一点韭菜花酱，哎呀，我跟您说绝了。

——您听说过一道菜吗？乾隆白菜你听说过吗？就是这大白菜啊加上点芝麻酱。您看看，乾隆都爱吃啊。

这老北京啊，就是讲究一排面。随便一白菜，都给你整出点皇亲国戚的关系来。但是，这麻酱啊，真是香啊！

网约车，说起来是一种出行方式，大多的时候，是一种短暂的访谈关系的构造，有几分钟聊几分钟，几句话的描述，勾勒出一个人生活的一个切面，我们互相探讨，了解这个世界上不同维度的人，都是怎么思考问题，解决问题的。他们怎么看待生活，怎么描述生活的苦乐与哀愁。这些人，他们一个个平凡朴实却鲜活。

每一个努力在生活的人，都值得被赞赏。

关于北京我知道的不多

飞机起飞，从上海到北京。我从一处灯火辉煌飞向另一处灯火辉煌。

因为工作关系，需要在北京一阵子。说实话，在我不长不短的人生里，我从未想过我要跟北京这座城市有多少粘连。确实它历史底蕴深厚，二号线的每一个站，老北京人跟你絮叨絮叨，都能扩写出一整本书。但是，每次来北京出差，早晨起来总是一鼻子血，让你瞬间断了想要读这本书的念头。

我从来没有想过北京会在我的人生居住序列里头。

偶尔读到蔡澜先生的书，书中先生提到，才女必须在世界上的大城市呆过。这些城市必须是，欧洲也就是伦敦或者巴黎。美国这个大农村，也只能是纽约，其余的城市万万是不行的。中国境内点名的也只有上海和香港。只字没提北京什么事。

在北京生活的这两个月里头，每天早晨叫醒我的不是梦想，是情不自禁的干咳。果然，世界上有两件事藏不住，爱情以及咳嗽。我跟北京之间占了一样，咳嗽。有时候，觉得鼻子痒痒的，一抹，一鼻子血，充满了惊喜。

在北京产生的疏离感，是无法言喻的。不管是气候还是心灵，你都觉得它不属于你。就好像一个门当户对的男人，你觉得他家境好，学历好，各方面硬件都不错，就是太过四平八稳的，少了点风情。我试图探索北京的风情，每次都觉得那副太过周正的外表下，只能远观不可亵玩。

走在北京的路上，看着各处围起来的建筑工地，外围的假草皮上，时常有如琴键一样的尿渍，鳞次栉比，非常热闹，太阳一照还能看见升腾的热气，随后，一阵浓烈的气味传到你的鼻子里。男人们总是喜欢对自己的大宝贝，悄无声息地进行一些比较，那些尿得比较高的男生，每每走过那一片尿渍，会不会吹着口哨，心中暗喜：嘿，我的大宝贝果然值得骄傲。

北京的冬天特别冷，时常在外面行走，没走多久，就感觉这个鼻子已经不是我的鼻子了。那天走在路上，对面走来一个整容痕迹过分的美女，看着她那张在路灯照耀下，反光的脸和过分出挑的鼻子，脑子里竟然升腾出"她鼻子里的玻尿酸该不会冻上吧"的奇特想法。

北京的冬天除了特别冷，还特别干。除了每天早上起床，鼻子产生的愤怒，还有就是水果也在这种干燥中，呈现出另一种质地。比如，我非常喜欢吃梨，在英国的时候，吃不到中国的梨子，回国之后，一周大概要吃 10 个梨。在北京我买回家的梨，时常干得咬不出任何水分，甚至呈现出一种苹果甚至是馒头的质感。

在北京我也经常喝西北风，就是那种走到某个巷子口，就迎面而来的气旋。北京的西北风层次极为丰富。有多丰富呢？就你站在那里，风沙裹挟着塑料袋，奋不顾身奔向你。如果这个时候一张嘴，你就能收获满满。他们说：高端的食材往往只需要简单的烹饪，像北京西北风这么高端的食材——这么说吧，一个人要是愿意在北京喝西北风，一开口，我都怕他撑着。就是那种一张嘴，哈哈哈，打个嗝，哎，饱了。

南方人说，你一看就是北方人。而在真正的北方，我似乎没有底气说自己是个北方人，我那在南方氤氲潮湿的氛围中生长出来的矫揉造作，在真正的北方人面前时常被撕得稀碎。我自以为的粗犷与粗砺，在华北大地上完全不值一提。

我无数次地鼓起勇气，想去探知一下我未曾认知过的北京，那些除了我迷恋的老祖宗留下来的铜锅涮肉、羊蝎子以外的东西。北京究竟是谁的北京，这些在这里打拼的年轻人，不会那么笃定地说，这是我的北京。北京从来不属于任何人，甚至在这里买房定居的人。大厂的云集，互联网的兴起，将这里市井的烟火气肢解得分崩离析。我总是希望能在这些小街串巷中，闻到一点人情味儿，它总是把我支得很远很远。

单向空间书店东风店，总是没什么人，我周末总是早上过去，一直看书码字到天黑才回宾馆。总是能感觉到世界巨大的安静，它把我与这个喧闹的嘈杂的北京隔离开来，是灵魂最好的寄居。

去了伦敦，暂居于北京，我的灵魂越发觉得，她更喜欢上海。

Chapter 02

章节二

假装 在亲密

你把最柔软的部分交到了对方的手上，

他用坚硬的方式对待。哪怕是忽视，

都是一种无声的凌迟。

都市人的情感疏离而又广博

明天是七夕了，我不想歌颂爱情，我想聊聊对现代人的情感现状的观察。

他们想爱又怕沉没成本，他们精于算计，总是把一个抽象的荷尔蒙的表达，演算成哥德巴赫猜想。他们觉得自己机智又勇敢，好像他们能随时加入一场名为"爱"的游戏，又能随时抽身而出，他们把这称之为"身段软"。我只能把这个称之为：脆弱和胆怯。

他们害怕寂寞，于是就有一茬又一茬的社交 App 不断地收割一片片深夜不能寐的灵魂。他们可以在每一个社交 App 上秀自己的语言能力，嘴炮满天飞，展示才艺，而一旦要真正去爱一个人，反而胆怯到连开始都不敢。

他们怕别人负了他们，他们要圈养一池塘的备胎，能实时填补每一个没有人陪的时刻。他们需要建立极大的信心，他们要坚信自己在这个世界上是有人爱的，他们不孤独。但是，孤独这件事，越摆脱越拥有。他们说，怎么办，我就是基因里带着这样放荡的东西，它们无处安放啊！我们不能违背自己的生理反应啊。

他们把该用来爱的人，都拿来用了。好像总是用管理的思维去对待该爱的人，朋友不是朋友，在建立的那一刻就开始观察，这个人可以用在什么地方，该如何谄媚，该如何沟通，每一个人都善于心计，再小的群都有纵横关系，再小的沟都能掀起浪。他们精致利己，要把每一层关系都淋漓尽致地剥削，好像全世界都是傻子，只有他们是聪明人。他们善于言辞的演绎，他们的语言充满了修饰性，他们觉得自己怎么情商那么高，怎么那么会共情，把一切的责任都推卸给别人，自己就是那朵世界上唯一的白莲花。

他们害怕自己不被爱了，他们时时刷一刷存在感。他们害怕自己没有异性缘，一定要讨巧地告诉别人，你看我就是这条街最靓的仔，快来爱我呀。他们孱弱到连做自己的勇气都没有，他们像一只孔雀一样开着骄傲的屏，却不知道露出的屁股一样不堪。他们说着直接又肉麻的话，自觉掌握了撒娇的技巧，便能所向披靡，谁能阻挡一个异性的撒娇呢，不会的。这个年代一切都轻而易举，能快快地开始，又快快地结束，还要编辑一个大家都体面的理由。他们过很多节日，恨不得每一个节日都是一个情人节，每个月都有一大堆的节日扑面而来，他们因此感到快乐了吗？

他们生活在一个叫 App 的广场上。他们翻着一个个符号名单，随便打开任何一个人。他们不敢聊自己，他们说着不痛不痒的话，并不能触及真的议题；想说的一条未能触碰，说的都隔靴搔痒。越来越多的精致利己主义，他们皮毛鲜亮，他们受过良好的教育，他们善于伪装，说着讨巧的话，带着范式的笑。

他们总是歌颂王小波，因为除了王小波以外，他们并不知道世界上还有哪个人能被冠以有趣；他们也总是艳羡王小波和李银河的爱情，他们说，那些多么美妙。一个每天只知道从手机获取慰藉的现代人，大概率既碰不到王小波也遇不到李银河。因为，只有有趣才能和有趣相遇，庸俗大概率只能收纳庸俗。

明儿七夕，希望你们不要太精于算计，去认真地找一个爱的人。希望你们更加勇敢，首先接纳自己，其次包容别人。没有什么先天的两个严丝合缝儿的人，如果有，一定有一个人在包容或者演绎。

爱这件事，首先要做的是对自己诚实。

那些留学生的恋情

留学生们很多一来到海外就开始谈恋爱。

比如 J 先生和 W 小姐。

谈恋爱是两个人的事情，跟外人都没有关系。他们会快速地形成一个相对封闭的圈子，有的还会养起猫或者狗，居家搭伙过日子，逛超市，遛弯儿，出去玩，岁月静好。

没过多久，就有人跟我说，"虽然没有什么羞涩感，就大大方方在一起了。但是，平淡得也是够呛"。不只一对，好几对这么跟我说。

他们说的平淡和大方，好像意思是说，爱情应该双向奔赴，轰轰烈烈。而留学生的恋爱，还没有海誓山盟，就直奔柴米油盐，索然无味。至少跟他们想象中的爱情，是两副样子。

他们问我，这是爱情吗？咂摸着总觉得不是恋爱的味儿。

他们问我，未来会怎么样？回国之后是不是就基本上黄了？

　　国外的留学生活，相较于国内的工作、社畜的生活是两个世界。相对于真实的生活环境来说，留学生活，实际上是架空了的一个环境。在这里，没有国内那么内卷，上上课，溜溜弯，打打游戏，陌生刺激又新鲜，有大把的时间去一起探索和猎奇这个世界，这就是爱情的土壤。等回到中国之后，大部分人会感觉到梦想照进现实的撕裂感。天也没有那么蓝了，时间也没有那么多了，工作后自己的时间少之又少，路上通勤就是一两个小时，老板布置的任务压得喘不过气来，生活除了眼前的苟且还有远处的苟且。

　　那个时候，才是真正能考验爱情的时候。女生们通常在这个时候需要更多的安慰，男生们也是在职场上焦头烂额，自己都是泥菩萨过河自身难保，哪有那个闲工夫去安慰女生呢？分歧就会在这个时候出现，情绪动物的女生，就觉得男生变了，不爱她了，在国外的时候，男生可不是这样的。战斗动物的男生，一心只想早日在职场站稳脚跟，就觉得女生怎么能那么不懂事儿呢？自己还不是为了美好的未来吗？

　　本来在国外相对封闭的社交圈，回国之后，到了工作岗位，参照系变得丰富起来。Mary、Vivian、Angela 每天在中午的白领饭局，一阵凡尔赛的聊天，就会扰乱女生的心思。觉得别人的男朋友是这样的，为什么我找了个是那样的呢？到底是遇人不淑，还是我不配？加上，现在遍地"田园女权"，如果没有独立思考，很容易就跑偏了。其实，感情生活最怕到处比较，本质上这就是个非标品。不管男生女生都得有自己的独立人格，否则很容易经受不住这些所谓的"诱惑"。

也不乏有一些男生女生，本来在海外谈恋爱的时候，就确实是为了找个能照顾自己的人，本质上就是个搭伙过日子的事情，也别非要带着道德的枷锁，这本不是"爱情"。感情的事情，总是冷暖自知。那些个细微的微妙，大部分时候自己可以感知得到。也有很多男生女生，国内一个，国外一个。也更有一些人，国内一个，国外N个。各种交友软件玩得飞起，好像终于到了一片无人指摘的地方，可以为所欲为了。他们搞起某种精英人设，以为自己出个国，就多了不起了，逢人说话，恨不得鼻子对着你，见一个想睡一个。

依稀记得有位留学生妹子，喝完酒，就跟我说：自己在篮球场，看到一个男子，多么帅气威猛，没过几天，就发现是个彻彻底底的渣男。这种人对所有的女生谄媚，最先动心的女生大部分是原生家庭爱比较缺乏的，或者是还没有见过足够多的男生样本的。她们往往更容易被打动。判断一个人能否谈恋爱，至少不要简单听那个人说了什么，而是要看那个人做了什么。也会有一些有点姿色的男生女生，跟不同的异性每天约会，恨不得荷尔蒙泛滥，无数人被自己的美色深深折服。"你看吧，我多么受欢迎。"

顶顶佩服的是跨国的恋情，要克服的太多。本质上，还不就是跟一个"电子宠物"谈恋爱，关键时候，碰不着，摸不着。有特别多的"诱惑"会出现在男生女生的身边。"诱惑"这词儿不大，可到处都是。那些漂亮的姐儿，拎着酒瓶半夜径直就要去你男朋友的房间，你在国内听到慌不慌呢！或者有些男子执着地照顾一个女生，女生是感性动物，很容易就陷入某种温柔乡。面对诱惑，能坚持住的主儿，都是真爱，都是有强大的自我，能抵抗住各自空虚、寂寞、冷的。

当足够多的人——创业者、精英，跟我聊到他们的感情的时候，我发现爱情的配方跟以往传统认知的"老婆、孩子、热炕头"有了些许的变化。"智性恋"的比例很多，至少我周围很多。外貌从来不是他们最重要的评判标准，能在同一频率上交流互动升为首位。很多创投精英，可能男生在中国创业，女生在新加坡做基金；女生在美国做咨询，男生在中国大厂做高层。他们彼此信任，彼此成就，奔向自己的远大梦想和前程。

当然，爱情从来不是某一种固定的范式，必须得是什么样，每个人都可以有自己关于爱情的幻想，也可以成就自己对爱情的幻想。

为什么失恋是一种病

我们这栋楼里面有一位印度小哥哥，自从我认识他那一刻开始，他就每天喝酒，从日落到凌晨。他并非酗酒，而是他来了英国之后，相恋的女朋友要跟别人结婚了。他在伦敦被分手，还被通知，很快她的女朋友因为年纪到了，在印度要跟别人结婚。

作为一个总给自己的悲伤设置期限的人，虽然理解他的做法，但是我不会这样。就像《人间失格》里面说的：我的骄傲不允许我把崩溃的日子告诉别人，只有我知道，仅一夜之间，我的心判若两人。每每瞥见，一个实实在在的成熟男性，总是在半夜哭泣成那样，总觉得很同情，又爱莫能助。也深刻地认识到，世界上没有真正的感同身受，没有人可以分担一丢丢他这种求而不得的无力感。觉得他病了，你能感受他的痛苦，是真实的心痛，是真实的堵在胸口又难填的愤懑。是时不时的想到过往，就能立马泪水充盈整个眼眶，是一往情深，是不知所以。想来"扎心"也不过就是如此了吧？

社交媒体的兴盛，现代人谈恋爱跟过去比，有更强的黏度，情感的分享来得及时而绵密。相较于相恋时的喜怒哀乐的及时分享，失恋时这些社交媒体的安静，更像是一种鞭笞。明知道对方不会发来任何的信息，还是会一遍遍地翻阅手机，翻阅朋友圈，翻阅微博，翻阅 ins。更怕的是，哪一天打开他的朋友圈，一道灰色的线，那是你了解他动态的资格也被剥夺了。

爱情这件事，谁先爱了，谁就输了。认真爱的那个人，在这个名为爱情的游戏里，可能就无法赢，因为对方的每一点蛛丝马迹都能牵动你的心弦。你像是一个提线木偶，心甘情愿且甘之如饴。

《人间失格》里面说：若能避开猛烈的欢喜自然也不会有悲从中来。

无法不认同！

人越长大越难去爱一个人，不知是喜是悲。我们知道了分寸，我们能从任何一段恋情中快速地逃离出来，你以为这是一种机智，是一种身段柔软，知进退。探寻本质，更像是一种自我的保护机制。一个人出现在你的生活里，打乱了你的节奏。如果是工作，你努努力，按照一定的方法论去执行，大部分时候会给到你一个不错的结果。但是，爱情这玩意儿投入产出比难说，且很可能毫无收获。但是，你却能全方位地感知到你情绪高强度地震荡起伏，这些是你在其他的事情中难以体会到的。

我白天看到印度哥们，正常地做饭吃饭。但是，你一眼瞥去，你能看透他眼底无尽的悲凉。昨儿，他心爱的姑娘结婚了，想来又是一个哭湿枕巾的夜晚。你能看见他扎扎实实的心痛，扎扎实实的泪水。脑袋里六年的岁月在流淌，在发酵，带着很强的滤镜，都是美好。

可是，有什么办法呢？他只要不主动地把自己从那些情绪里拔出来，他就像是一个傻子，每天晚上都把伤口拿出来，伤口无法结痂，一遍遍血肉模糊。

想想纪梵希和奥黛丽·赫本、林徽因和金岳霖，虽没有严格意义上的在一起，但也彼此陪伴了一生。这种更加成熟和轻盈的爱，也是一种方式。

你说，失恋到底能有什么良药吗？

就是把自己交给时间，用现在的喜乐去冲淡那些伤悲。

当男生在描绘初恋的时候

当男生在跟你或者你们描绘动情的初恋时，是美好的。他们絮絮叨叨，没完没了地描绘着那些微小的细节，追忆着似水年华，让人一点都不想打断。他们转身，穿越了时间，在和那时美好的彼此相遇。不得不说，所谓美好，大多"求而不得"，过了以十年为刻度的单位后，才会依然是美好。

Part I

"我没有牵过她的手，我喜欢她。我写情书给她，她回复我说，我们是永远不能相交的平行线，这句话我永远记得。那个时候我们两个是江苏省三好学生，我们学校一共就两个名额哦，就我和她。我那个时候很疯狂，我包了一个舞厅，在三十年前你知道什么概念吗？很疯狂的。可是我依然没有鼓起勇气哪怕是搂一下她，现在想起有点后悔！或许当时我主动一点现在就得到她了。

"我一辈子都记得，她很优秀的，非常优秀，现在依然是。"

一堆人起哄蜂拥而上，嚷着要看照片。他去同学的 QQ 空间里去找旧照片，很着急，一张一张地划过，他揪着心，想更快地与她相遇。

"找到了！"

照片里有看得见的青涩，但姑娘眼神坚定，皮肤白净，一副那个年代好学生的样子。在我们眼里算不得惊艳，毕竟时代的审美一直在变。但，我们依然说："很美啊，很棒。"

我们又不死心地说："那么现在怎么样了呢？还能找到她现在的照片吗？"如果是我，我定然不会再去翻阅现在的照片，或者是因为我胆怯，或者我想让时光停留在三十年前的某一天。

"可是，得到后一定是一地鸡毛，你们必将淹没在生活的琐碎中。她就跟其他的女人一样，没有什么值得惦念的。"我们猜测。

"不不不，你不懂，你还小。她很美的，很美很美。你知道吗？很美很美。就像……对，像林青霞那么美。"

回忆总有滤镜。三十年没见了，他心头的白月光，依然是那个白衣飘飘的似丁香一样的姑娘。世间爱情最美的就是"求而不得"，因为不会被现实打败，可以书写太多的可能。或许在三十年甚至四十年后的某一天，曾经心爱的姑娘，走到他面前，只是淡淡的给他一个拥抱或者共同追忆过往的一段时光，把没有共同谱写的故事、这些年没有相伴的时光、哪怕有一瞬间想起他的细节讲给他听，这都会是一个美好的结局。

思念常常会像藤蔓一样，在酒后的某一时候爬满心里，把曾经的美好说给别人听，甚至唤起那么多年珍藏在心底的名字。这时，他眼里依然闪现的是少年明媚的光。

Part II

"我从来没有跟任何人提起过，我的初恋以及我的前妻。"

"会显得不坦诚吗？"

"不会，人类总是以为自己了解了全部的真相。可是，如果出于某种考量，不说，我觉得没有任何问题。"

我看出坐在对面的这位先生，他突然跟我说起这些，那应该是憋在心里太久了。

"大家都不知道我还有那一段历史，三个月的时间，完成了相识，结婚，离婚。"

"我并不惊讶，你也无需觉得它是多沉重的道德枷锁。"

"可是当我被感动的那一瞬间，在那个医院的下午，我看着她照顾我的背影，我觉得没比那刻更懂得什么叫和平与爱。那一刻我心里涌起惊涛骇浪般的狂喜和想要与她共度美好未来的憧憬。我心中放起了烟花。你懂那种欣喜吗？……可是在一起后，我发现不是那样的。我发现我错了，我坚持不下去了。我选择了离婚。"

人类的婚姻关系如果因为感动在一起，而非心动，婚姻生活的倦怠期甚至厌恶期会比我们想的来得快很多。我们有很多理由要跟对面的人结合，如果不是因为爱，最后可能连一点体面都不给对方留着。

"她挺好的，是个好人。但是，生活在一起不一样。"这段诉说，如释重负，娓娓道来，并不是想强调这个故事多精彩，过往多扯淡，而是，他在和自己和解。年少的种种拧巴、不能释怀的心绪，在某个云淡风轻、宠辱不惊的时候，或许因为年月太久，自己就松开了。我们并没有做什么，但是时间一直在书写答案。初恋时心头结得痂，你不想再去揭开，它就会变得跟生活一样稀疏平常，没有一丝浓烈的色彩。

Part III

被背叛的滋味不好受。活着也不总是傻乐。

"我一北京军区大院长大的'混不吝'，我小时候真没怕过谁，我爷爷是司令。"

军区大院的小孩会有痕迹，天不怕地不怕。还能洞见眸子深处的底色，是善意的，赤子之心的。

曾经的生活，很可能在爷爷去世的那一刻，就崩塌。因为，亲人会因为钱财的纷争反目，过往的往来无白丁，都会消失。那些爷爷给你建立的一座城池，等爷爷去世的那一刻，一切的美好，有可能都会像灰姑娘的南瓜车一样打回原形。

女朋友的背叛如若在此刻发生，定然是过往二十年建立的三观。你以为此情坚不可摧，其实瞬间就能分崩离析。如果女朋友敲开的还是院长的房门，那么故事的画风就没有办法向着纯洁发展。一个乖张的孩子，所谓的骄傲都会烟消云散。

初恋不管怎么样收场，男生总会在某一个时刻提起，或是怀念美好，或者感谢成长，或者撕心裂肺，或者痛不欲生。

有一天，我们发现恨是要力气的，是痛苦的。我们便尘封了那些往事。当明天变成今天又成为昨天，最后成为记忆里不再重要的某一天，我们突然发现自己在不知不觉中已被时间推着向前走。这不是在静止火车里与相邻列车交错时，感到自己在前进的错觉，而是我们真实的成长，在这些事里成为另外一个自己。我们学会了把自己摘出来，用一个旁观者的姿态，去解析生命赋予我们的意义。

如果你回来，我想抱抱你

翻开我跟你的聊天记录，我们总是没有在好好地对话，不是我吐槽你，就是你吐槽我，要不就是你揶揄我，我揶揄你。

周二接到你病危的消息，当时我想，如果你好起来，我要跟你好好说话。然后，疯狂地搜索有什么样的方式可以帮你找到更好的医生，让你快快好起来。以及联系能搞到欧洲回国机票的朋友，让家人回来。

找了一圈，所有信息发送给家人，供他们选择。但是，在当时的情况下，我觉得是无济于事的吧。但是，我们这些学生就是希望能做点什么，不要坐以待毙。

听说，你下午晕倒在讲台上。我最讨厌你提起，你总说你怕是会跟父亲一样，倒在大学的讲台上。每每提及总是觉得晦气，没想到一语成谶。我发了条信息给你：听说你晕倒了，现在还好吗？我原本以为会跟上一次胆囊手术一样，你笑着回复我说，好着呢，暂时死不了，我还要出书呢，跟你一样。

可是，你一直没有回复我的信息。照着往常，你回我信息也是极慢的，毕竟不是在录节目就是在讲课。晚上，看到一则雕爷牛腩的新闻发给你，记得你那年作为商科案例分析过，原本想跟你讨论讨论，而你再也不会回复我的短信了，我生平没有比此刻更希望你揶揄我，吐槽我，说我的观点不对。

周三一度传你不行了，我坐在那里，就泪如雨下。可是，我们已经明明很久没有见了，我为什么这么伤心。像个傻子一样，我坐在那里哭了很久。抹抹眼泪又去面对生活工作中的事情了。

闲下来的时候，又想起这件事，还是会觉得很难接受，希望你挺过来。告知了几个亲密的同学，大家都不约而同地在那头哭泣。然后，你一句我一句地回忆我们在一起的时光。

我说，我其实很久没有这么难过了。可是为什么我们会这么难过呢？我觉得大约你对我们的作用，是一种精神上的引领，是一座灯塔，你站在那里，我们就觉得是温暖且有方向的。

周四的时候，平稳的一天，在校生甚至有人给你找人念经，去算了一卦。我们这群商科的唯物主义的人，就是穷尽一切办法，希望你活着，希望你好好的。即使从科学的理性看，你转活回来的概率是极低的。但是，我们感性的认知却总是有一丝丝的奢望，希望你好起来。

杨同学说，如果上天有奇迹，这个时候不显现，还要等到什么时候呢？我不知道怎么回复，我在想，是啊，老天爷你开开眼啊，你这个时候不帮我吗？还要等着何时呢？那么多人期许着，煎熬着，等待着。我们作为一群很懂科学知识的理性人，我们就是觉得，你一定会是那个奇迹。

吴同学跟我说：钢爷说，小野酱是个外星人，挺喜欢你的。我不敢追问，我怕细节堆砌出一番图景，又是一轮新的伤心。翻开过年你给我发的信息，读了好几遍，总觉得那是你的期望，所以，一直在践行。

吴同学说：好羡慕你啊，有一张跟钢爷的合影，我就不敢。我默默翻出那张照片，两个人怼那么近。又回忆起我们在人民广场吃饭，你站在广场中央等我，那一身亮色的衣服，破洞的牛仔裤，一眼就被我看出来了。

我问你想吃什么？你说：大盘鸡。你问我：大盘鸡会不会不大符合上海人的格调？应该去外滩吃个牛排。我说：不会的，你想吃啥，咱们就吃啥，开心就好。

那天，我们聊到很晚，走的时候，我特别想抱抱你，但我忍住了。都市人的情感总是冷静且克制。我现在特别懊恼，因为我们从来不会知道，我们相见的哪一眼就是最后一眼。

那个大约就是我们的最后一眼了。

昨天，曹老师晚上喝酒发了段语言给我，说接受不了，很难受。我明明在应酬。我突然呆坐着，我也哭了起来，一桌的男士女士，就在那里看着我默默地哭。自觉得太过矫情，拼命地抬头，不要让眼泪掉下来。可是，憋不住啊，解释几句为何哭，眼泪又啪嗒啪嗒地掉下来。

我俩前些天还在说，新书要寄给你，你把地址也给了我。还说，要一起做节目啊，要一起参加新书发布会啊。

同学们私信说：幸亏学校年会去看了你现场跟周晓虹教授的对谈；幸亏上周五去听了你的讲座，还送你回家了；上周还跟你聊新的音频节目和写书的事情。我好羡慕他们啊，我没有那么多幸亏，我们的相见已是好几年前了。

谢谢你给我的力量，谢谢你给我的教导，谢谢你跟我说，人啊，不要被裹挟啊！所以，这句话加上我自己的理解，变成了我的人生信条，放在了我出版的两本书的封面上。

昨天夜里，我默默地想，如果你好起来了，我要去抱抱你。

今天早上，收到信息，他们说你去了。我又一次泪如雨下。打开喜马拉雅，听听你留下的那一百多期"人文通识"的课程，总觉得你未曾离去，给我们这些喜欢你的人，留着一点念想。

你去天堂要做一个好学生，什么苏格拉底啊，柏拉图啊，尼采啊都在，邓丽君也在，《我只在乎你》也有。

你送我的话，我也送给你。

"祝你写得流畅，过得洒脱，耍得翻天覆地。"

当你曾经拒绝的人，有了对象……

当你曾经拒绝的人，有了对象……

此刻你们的脑中有没有翻腾出，感情的旧账。

譬如：我到底处过几个对象？小吴、小张、小李，嗯……

不对，小李之前还有个小高，可是小高时间很短啊！

那个不算，可是也算是处过三个月，那到底算不算呢？

嘿，后面还有小胡、小刘……

我这么渣啊！居然有这么些个前任。我一直觉得我是个很专注的人，看看这一天天过的……

当你拒绝过的人，有了对象，你的反馈完全取决于你对他/她的好感。

小泫是为数不多坐过小 π 自行车后座的女生，当时因为赶时间，他载着小泫一起在学校里办手续，小泫的心里并无波澜。但是，他可能当时被偶像剧糊了脑，就觉得偶像剧里面都这么写的，下一秒就该是爱情的如约而至了啊！于是小 π

时常发信息说一些有的没的，小泫当时在毕业考研的关头，只顾着焦虑未来了，根本无心恋爱。

大概两年后的某天，小泫收到了他的 QQ 留言，非常刻意地告诉小泫：

我找了个隔壁校的，跟我一个专业的，长得比你高点，还瘦点，家里准备安排她做公务员，家里也不错。鼻子挺挺的，眼睛大大的，就是头发是短的，我喜欢长长的，我在让她为了我留头发！

这么久不联系了，突然来跟我说这个，有事吗？小泫内心毫无波澜，兄弟，谁在乎？

小泫礼貌性地回复了：祝你们幸福啊！未来加油哟！

小 π 是攒着一股劲儿告诉小泫，你曾经拒绝我，你看，我现在的妹子，哪里哪里都比你强哦！对于小泫的冷淡，他使劲儿找补，希望再跟小泫多说两句。此刻，他是卑微的，他在彰显某种优越感，他想获得认同。小泫的理性客套，也许会将他的心打入冰窖。他期待的话语不是这样的，而实际上，跟一个曾经无感的人，小泫应该做什么反馈呢？

数年后，小泫懂了，当初"不上心"的态度应该伤了小 π 的心，以至于对方在找到对象的第一时间就告诉了自己。感情这种事，还不就是这样，不是你伤我就是我伤你，只要动过一丢丢的凡心，就会有烙印，需要用时间去冲淡。

大部分悄无声息、友达以上、恋人未满的情感，到后来的后来，表面上一定是岁月静好，彼此相安无事。一旦，某一方先脱了单，另一个落单的会更显孤寂。他/她会想，为什么不能是我？我有那么差吗？

其实，未必没有在一起，是因为谁差一点谁好一点。不过是，化学反应的问题，你大约在他的人生中不能做和他/她发生化学反应的物质，你只能做某种催化剂，或者你什么也不是。把一切的一切都交给时间，一切的故事都会有答案的。可是当我们在等待答案的过程里，我们可能就会忘记了答案本身的重要性。也许你会觉得，跟你在一起和不跟你在一起没有那么重要，大家都获得期待和认同的幸福更重要。

小β是小泫为数不多的喜欢过的男孩。两个艺术灵魂，穿越人海，看到相似且有趣的灵魂便惺惺相惜。他们对彼此的称赞是，他/她怎么那么有才华。他们疯狂地肆意地消耗着青春，挥洒着才气。他们看到彼此的才气，犹如能长生不老的仙气，他们因为欣赏在一起了。

他们因为需要坚持比对方更坚实的自己以及自己的艺术主张而分手。他们兜兜逛逛，觉得还是没有如对方才气的人出现在自己的生命中，就这样分分合合，最后终于还是分了。他们的爱情，在我的朋友圈里，就好像是最灿烂的烟花，太过耀眼，太过炽烈，最终还是会消失在夜空中。女生总是需要某种安全感，她惧怕这种脉象时有时无的恋爱，拒绝了小β的复合请求。

他们在爱彼此的时候，花光了所有的力气，他们不是不爱了。当他们的爱情逐渐转变为日常，相较于过往的诗歌般的浪漫，面对这种落差和对比，艺术家的内心是不能容忍的。他们太喜欢带着艺术的滤镜，处理生活中的每一件事情，包括爱情本身。

男生总是比女生耐不住寂寞，小β最先找了个二十出头的戏剧学院的妹子，对方依然是因为他的才华而爱上了小β，没错，才情是另一种性感，它们会让你在人群中总是自带追光灯。

小泫去酒吧买醉，因为她脑中联想的是，他要拿着哄她的桥段去哄另外一个女生。女生都是野生导演，她们只要看到只言片语的东西，就能脑补出一场戏。而在小β心中，小泫的地位是无可取代的。

有一天，你会发现，大家在自己在意的事情上，都会表现出拧巴，旁人可能无法理解，那是我们人生故事的原貌，我们就是在这些故事中，进化成更好的人。

我们要的从来都不仅仅是爱

当女孩开始确定对方没有那么厌恶自己，甚至是有一点喜欢自己的时候，她们便会开始撒娇。她知道，只要她撒娇，对方就会缴械投降。

这是个游戏，是心理的拿捏。

女孩爱在你面前撒娇，从来都不是撒娇本身，是感受到了偏爱。

在一段亲密关系（亲情、友情、爱情）中，我们从来要的都不是爱，我们要的是偏爱。

这两个不一样吗？当然。

父母之爱，大多无法选择，你生下来便奠定了你们一辈子都是这样的关系。独生子女，大多有恃无恐，家里只有一个小孩，父母不爱我爱谁。兄弟姐妹多的家庭，大家要的就不仅仅是爱，是想办法获得父母的那份偏爱，是不同于别的，那个配方不一样的1%。你要说，这个1%到底有什么用？足够多的爱与关注，会让孩子在未来人生的道路中，不管遇到再至暗的时候，都能坚信，未来定会有满心欢喜的时刻。

友情和爱情，都是我们主观选择的结果。两个人为什么能成为朋友，或者男女朋友？

是我不吃香菜，但是遇到你，我可以。

是我讨厌喝酒，但是因为你，我开始试着品尝。

是觉得红色是非常讨厌的颜色，但你穿着，我就觉得可爱。

是熟悉你的每一个癖好，总在不经意间，加以成全。

是你过往岁月建立的一切规则和不可侵犯，在某一刻，遇到某个人就土崩瓦解，这便是偏爱。

网上读到过一句话，不知出处哪里。

"我告诉你我喜欢你，并不是一定要和你在一起。只是希望今后的你，在遇到人生低谷的时候，不要灰心，至少曾经有人被你的魅力所吸引。曾经是，以后也会是。"

这些偏爱在我们漫长的人生中有什么作用吗？

首先，是虚荣。我一直觉得自己平平无奇，可是有那么多人，都在爱我，以不同的方式引起我的注意，期待跟我交谈，沟通，互动。我从他们的反馈中得知，我生而为人，很重要。

其次，是安全感。被偏爱的总是有恃无恐，你从这样的偏爱中，获得一种安全感、笃定感、信任感。世界这么大，而你是那个例外，我给你不一样的偏爱。因为偏爱，我知道不管我作什么样的决定，即使父母不理解也会选择支持。我的挚友们，因为在关键的时刻不离不弃，而我能向他们分享我更多的人生喜乐。因为给了足够多的例外，恋人才能成为恋人。我希望你屏保是我，置顶是我，满眼都是我，看到我眼神中便充满了银河系。

一个人能肆意地在自己的人生中奔跑，他必然受到了足够多的偏爱。一个骄傲的人，他的一生必然受到过无数的偏爱，才能在茫茫人海中，总是笃定地知道，自己是那个羽毛鲜亮、不容忽视的鸟儿。

你也懂了，为什么有些人注定成为不了好朋友？因为，对方没有足够的耐心和精力，为你构建那个例外。你沦为庸常的熟人，在一切的时候，你从来不是首选和例外。

需要陪伴的时候，不会叫你。

需要消解忧愁的时候，也不会找你。

也并不期待，你为你们的关系能做出不一样的选择。

因此，你们虽然在茫茫人海中擦肩，但是，从未为了彼此逗留。

我总是记得，女明星乔欣非常介意杨紫在公共场合说，她最好的朋友是不是乔欣。她甚至因此去翻了杨紫的所有采访。当时我觉得好笑，后来我开始理解。一个人如果从偏爱滑向只是偏爱中的一个选项，她的内心是会失落的。

海王们大概也是利用了"锚定心理",让每一条池塘里的鱼都觉得自己被偏爱。女人是听觉动物,他们甚至都不用做什么,只要说点好听的,女孩们就觉得自己获得了爱和肯定。当她们发现自己不过是无数个被偏爱中的一个,爱情的排他性和唯一性,让她们黯然神伤,就会选择离开。失恋的原因大抵如此,曾经以为我是你的全部,没想到我只是你的局部。

世界太过广博,我们又太过渺小。我们一眼万年,不过是在寻觅偏爱自己的那一个,朋友也好,恋人也罢。

孤独患者

以前会觉得有了朋友就不孤独。

现在发现，有了，也一样。

前几天，苹果电脑重启，用了那么多年苹果电脑，从未遇到过，重启后文档就没了的情况。好巧不巧，所有的文档都在，就是那些个创作过半的小说，不见了。

开始，还会挣扎，网上一顿查怎么恢复，最终觉得太麻烦，恰逢考试复习，就放弃了。

遇事不要慌，发个朋友圈，记录一下，结束。纪念下没被读者开过光的文字。

昨天，发现网上有人盗用我的头像、姓名、签名。高仿了一个一模一样的我，才开始还会慌张，怕有人利用我的姓名去骗人钱，后来发现这属于民事侵权，需要走流程。在微信上走流程，头像、昵称、签名属于三个违规，得投诉三次，得上传身份证，还得手举身份证拍照，觉得太累了，也就放弃了。

发了个朋友圈，聊以自娱，顺便告诉大家，嗯，不要被骗钱了。

朋友说，你 ins 情绪震荡得很厉害啊。一旦我社交媒体显示出我的震荡，那一定有比这个表象更坏的事情发生。

因为，太不喜欢去倾诉，就得用一些无声的、可控的反抗去反击生活给你的暴击。

生活嘛，还不就是用一个不堪去代替另一个不堪，当新的不堪来临的时候，谁还会在意上一个不堪。

也不是不喜欢倾诉，手机里 5050 个联系人，时常删除更新，以便让新认识的朋友进来。常常划一圈，不知道要找谁。找谁说，都觉得，太麻烦了，还得把不开心倒腾一遍，把自己伤口拿出来又手术一遍，也就放弃了。

安静地待着吧，没有什么是时间不可治愈的。

朋友问我，如何拯救不甘心？

我说，无解，时间会治愈一切。

求而不得，爱而不得，是常态。遇到不好的事情，人们常常会问，为什么会是我？可是，又为什么不能是你呢？我们不过是芸芸众生中的渺小的一只。等你发现你的不甘心、你的暴躁、你的愤怒，你挣扎折腾半天，也依然挽回不了爱人的心，事情依然没有如你所愿地发展，你就会像一头被锤死的牛，想不接受，也没有能力去反抗了。

微信删人，也是梳理情绪的一种手段，你肯定地去删除一个人，有时候出于当下的愤怒，有时候出于一种判断后的决绝，这可能是最便宜的能提供情绪宣泄的方式。

常常觉得自己置身一个广场，很热闹，到处都是人。但没几个人可以看清眉目的，就是让你定睛一看，觉得这哥们有意思啊，想聊一聊，安放一下自己当下的暴躁的那种。不一定是倾诉，就是找人说说话。

姐们在谈论对象时说，男人有两种，半夜起来就非要云雨一番的，以及半夜有时候能暖心地聊几句的。我问她，哪一种更好一点，她说，那还是能暖心地聊几句的吧。纾解情绪的价值某种程度上是超过生理需求的。

越来越能理解电影里，那些成年人匪夷所思的桥段。生气了，压抑了，穿上一件外套，就得出去，一个人，拖鞋，抽烟，睡衣，没有其他携带。不过是，当下的情绪，实实在在地像一块石头一样压在了心口，怎么挪都挪不走。有一个病叫心肌梗塞，我觉得用来描绘这种情况太形象了，就是梗塞了，怎么都通不起来。

我以前比现在更嘴硬，特别是工作时候，好像一个没有情绪的机器，每天一篇章一篇章翻得很快，起床就是见人，就是培训。就是一堆事情等着你处理，甭管你心里多疲倦，一堆人等着你呢，你精气神得拿出来。

得感谢这段留学的时光，更像是一面镜子，去映照出我的另一面。发现自己有太多的不能够，也发现自己不过是一个普通的女生，不是一个钢铁侠，不需要每天醒来就去拯救世界。开始，变得柔软和发现柔软，发现自己情绪里有那么多的层次，这也是一件值得开心的事情。从小就一直做大姐头，很奇怪，这种气质与生俱来。有时候，也会期待，从天而降一群哥哥姐姐，能给我很多的呵护。

我们仍然有太多不能去安放、消解的情绪。跟很多年前一样，我喜欢自己一个人去书店待着，挑几本自己喜欢的书，在那里消磨一下午，跟环境消融在一起，即使书店人来人往，依然对他们的感知很弱，沉浸在自己的世界里，屏蔽了嘈杂喧闹，世界只有放空的自己。我也会坐在路边，看着来往人群，某一刻的某一眼，找一个差不多场域的人聊几句有的没的话题，然后就说再见，消失在彼此的生活里。

我们的人生仍然有很多大问题需要去解决，学业、爱情、工作，每一个单拎出来都很大，整个留学生公寓都弥漫着焦虑和迷茫的气息，因为毕业季要到了。焦躁和不停地诉说仍然是解决不了问题的，人生在面对每一个选择的时候，都问问自己的内心，这是你真正想要的吗？这些人生大题，其实没有人可以帮助到你。从学校走向工作，每个人都必须适应一种断奶的感觉。

人生，就是不断从喧闹走向孤独，又从孤独走向喧闹的过程。独乐乐的时候，能体悟出更深层的情绪，喧闹的时候能体会简单直接的快乐，不管哪一种情绪都有价值，每一个爱恨情仇都是你，接受自己的不完美，接受自己的负面。但是，依然要勇敢地去面对生活。

故作疏离是都市人的可悲

第一次听到疏离感这个词，对方把这个词形容得很文学：好像是你就在那里，并不在意周围有什么，发生了什么，你就做自己，对每个人礼貌、亲切、配合，但是一旦那些人真的靠近，又会发觉你们彼此离得很远。

曾经觉得这个词儿，高级又美好。

好像脑子里就能联想到一众影视剧中对都市金领们的描写，身穿华服，知进退，懂分寸，半永久笑脸对每个人，心里的利益关系分得贼拉清楚。不会得罪一个小人，也不会忘记跪舔一个贵人。

聊天的时候，聊天聊地，选择性回答问题，就是不说自己。也不是不想说自己，在这样的社会，我们习惯用这种疏离来保护自己。我们生活在自媒体时代，你不知道你在对方面前展现的哪一个脆弱的瞬间，会在某一天成为刺向你的武器。

也怕一切的太过亲昵，不过是对彼此热情的消耗，怕哪一天这一团火就灭了。比起曾经没有出现过、拥有过这些美好，出现过再失去，好像更让人无所适从。

人与人之间的气息很微妙，你们曾经无比灿烂地聚集在一起，你们当下的欢乐是真，你们当下的喧闹也是真，当下的没心没肺都是真。可是，你不知道哪一刻，那个气息就冷静了下来。当然气息也不定是哪一刻冷下来的，可能是蓄谋已久。后来的冰冷也是真，像两个未曾认识过的陌生人一样，你的一切我都不想关心了，你的喜怒哀乐我都不想过问，跟我无关。

以前，很难理解这样的情感。现在，太能理解了。苏格兰著名诗人彭斯有一首著名的诗歌——《友谊地久天长》。未曾长大，见过更多的人，见过更大的世界前，我也觉得，所有的情感都会地久天长，我也尽力地维系过那些长大后因为价值观不同渐行渐远的友情。我发现那真的太累了。各自奔向大好前程，不要活在过去的回忆和虚妄里，不打扰，也是一种温柔。因为我们很难见识到地久天长，所以，我们才要去祈愿，希望地久天长。

我们故作疏离，我们甚至害怕过度的亲密。用不经意的语气去说自己的诉求，因为，害怕被拒绝，那样对自己太残忍了，分明是自己把刀递到了别人的手上。小心翼翼地表达喜欢。你说出你的喜欢，那是你藏了很久的柔软的角落。你鼓起勇气说出去的那一刻，发现自己被掏空了，像一个一丝不挂的人，在对方面前。你更怕，你把最柔软的部分交到了对方的手上，他用坚硬的方式对待。哪怕是忽视，都是一种无声的凌迟。

善解人意，又怕自己油腻地会错了意；自作多情，好像会把自己置于尴尬；不去共情又显得太过木讷，不解风情。所以，我们把自己放在一个合理的圈套里，那是一个进可攻退可守的圈子。我们包装了一个高级感的词，我们说疏离感。

都市人故作的疏离和都市人快餐式的性，一样可悲。一个是深思熟虑的胆怯，一个是动物性的驱动。

Chapter 03

章节三

假装 在成功

愿我们饱含理想，没有败给生活，不伤心。

没有理想的人不伤心吗？

他们说，没有理想的人不伤心。

于是，这全然成为一些人的口头禅。

说起来，好像酷中带风，感觉自己既有文化，又是整条街最通透的崽。你阅读理解过关了吗？这歌词满篇写的都是不甘好吗？

——我不要在孤独失败中死去，我不要一直活在地下里，物质的骗局，匆匆的蚂蚁，没有理想的人不伤心。

最后，从"他不会伤心"唱到"他也会伤心"。

稻盛和夫把人分为三类：不燃型、可燃型、自燃型。

不燃型的人，点火也烧不起来。我们可能觉得，这样的人或者是真正的"没有理想的人不伤心"吧。实际上，大部分不燃的人，从未直面过自己。直面自己真的是一件很难的事情。你抽离出第二人格，你洞察自己，像一个医生拿着手术刀，一刀一刀地解剖那些鲜为人知的自己：脆弱与不堪、胆怯与嫉妒，很可能你会被自己吓出一身汗。你没有直面过自己，当然也就没有直面过自己的欲望和需求。理想这种大词儿，说出口的一霎那，可能就已经吓到他们了。

黑泽明写过一本书《蛤蟆的油》，说的是，日本民间流传着这样一个故事：在深山里，有一种特别的蛤蟆，它和同类相比，不仅外表更丑，而且还多长了几条腿。人们抓到它后，将其放在镜前或玻璃箱内，蛤蟆一看到自己丑陋不堪的外表，不禁吓出一身油。这种油，也是民间用来治疗烧伤烫伤的珍贵药材。晚年回首往事，黑泽明自喻是只站在镜前的蛤蟆，发现自己从前的种种不堪，吓出一身油。大师在直面自己的时候，都是如此。普通如你我，定也不是易事。

可燃型的人，大部分是需要被人点火的。一个人要打破自己，不管是从内打破还是从外部打破，都会很痛苦。可燃型的那一把火，一般都来自于别人。很多时候，这种火可能来自羡慕，可能来自嫉妒，是内心做了比较，艳羡了别人的生活，产生了某种动力。没有人能代替你去认知这个世界，也没有人能代替你去找寻你的理想。只要不是你自己探索来的，你总会放弃得很快。不管是谁点的炮，能点着你都是好事儿。

自燃型的人，是没人点，自己就能熊熊燃烧的人。这类人往往是最有理想的，没人盯着他们，他们也会动不动搞点事情。这样的人能量很大，也能感染身边的人都去站在他们那边，去促成他们的理想。有生命力的人，总是在人群中闪闪发光。

大部分的人是什么样的呢？在应试教育下走着清晰的路径，好像是不用动脑子去思考。于是，也没有想过理想是什么。内心有一点点的理想，大部分时候都不敢说出来，怕周遭的人嘲笑；更善于找借口，通常他们会说：你看啊，我也没怎么努力。一方面给自己找了借口，一方面好像是说，我若真的努力，肯定会更厉害的。大部分的"我没怎么努力"的借口，不过是害怕面对失败的借口。因为，很可能，你极其的努力，也不过还是这样。

或者有一些人的理想太过宏大而显得虚无。更多的时候，他们只说某个理想，而从未想过实现理想的途径，意志薄弱得面对点困难就吓跑了。因为，有理想就意味着得需要花时间去料理理想，要舍弃掉一些娱乐的时间，持续地去耕耘，要花钱，更要花时间。

数年之后，很多人会说，嗯，我以前很想做一个什么样什么样的人。然后，在岁月中，他们那些理想被肢解了。他们或者会说，当初要是怎么样怎么样，我现在会怎么样。人生的残忍，在于没有假如，惋惜和后悔是解决不了问题的，我们所要做的就是前进，保持前进。

愿我们饱含理想，没有败给生活，不伤心。

这个时代的所有的人都在等一个答案

我，非专业心理咨询师，读过一些泛心理学的书，更重要的是免费服务过不少人。一方面是工作所致，一方面可能我长得比较健谈。

这么多年咨询费没有收多少，饭一顿没少吃，确实大家很喜欢找我说一些有的没的问题，以至于我常常感慨，怎么找我的时候都是垂头丧气的脸，嗨的时候你们有没有一丝丝地想过我。

真是一个悲伤的故事，只能安慰自己，这大约是我成为写作者的宿命，因为我这里有太多的故事，总有一天会沉淀下来变成小说或者其他什么东西，我还蛮想拍电影的，电影是写作者最渴求的终极表达。

最近，我接受的疑问越来越多，以至于我花了大量的时间去安抚别人的情绪，解析别人的事情，留给自己的时间越来越少。我不想这样，我热爱独处，除了工作可能是期待疏离人群的。

找我谈心的有很多很多种人，有在外人看来令人艳羡的女企业家，有商界的大佬，有陷入职场危机的中年普通女性，有期待转型的传统企业主，有创业公司手脚慌乱的老板，有怅然若失的败犬女王，有想出柜的同性恋朋友……

在此，我想对他们说，下次陪聊先打钱，200，500，还是包夜，麻烦说清楚，我时间很宝贵的，不要吃饭了，我都这么胖了，喝酒可以，你们喝酒，我就喝气泡水，毕竟总需要有一个保持清醒的。

前几年，国运昌盛，各行各业蒸蒸日上，每个人都是充满了斗志，过不了多久大家就鸟枪换炮了，换车的换车，换房的换房。跟前几年的鸡血状态不同，从去年开始，应该大部分人都能感受到经济新常态带来的丧。

企业转型的企业主，每天问我，未来在哪里？到底什么样？前几年靠运气赚的钱，这几年都靠实力败光了。企业主们都在思考着转型，或大刀阔斧，或小心翼翼。痛肯定是要痛的，只是长痛还是短痛，走出舒适区的第一步怎么会是舒适的？

企业就是应该随着时代的变迁而迭代的，否则就是死路一条。转型的过程固然会辛苦，但是克服苦难后的爽感也会是前所未有的。

打工的朋友，动不动跟我说想辞职，让我帮着找工作。同时又有一大堆鸡汤文出来说，不要一天到晚想着辞职，先看看自己是什么熊样。在人生的大部分时候，中国教育的失败性尤为明显，我们总是期待旁人给一个笃定的答案，殊不知，人生所有的问题都是开放性问题。

好奇的时候，去看了一些所谓商界成功人士的传记。虽然，每个人的成功不可复制，马云也只有一个。但是，大部分成功的人，在年轻时候都无数次的失败过，他们会在履历上写一笔，在某地工作不太顺利，于是，就开了天窗想做一点自己的事情。后来，我某一天打趣跟一个在外企呆了十几年的朋友说，你知道你自己为什么越过越丧，外企的安稳让你丧失思考，只是在重复如螺丝钉般的工作。

跟着一位老板很多年的得力干将，近来越来越看不懂老板的决策力，来问我，我老板最近到底怎么了，是被哪个女人下了降头？在布置任务的时候，我们都云里雾里的，不知所云。转型说了两年半了，啥也没有产出。我跟了他这么多年，第一次有了离职的念头。

越是经济形势一般的时候，我们越来越希望抓住一棵稻草，这棵稻草安全，丰美，让你感觉到内心的宁静。可是，哪里有这棵稻草，我们总以为会是老板，大部分老板面对中国的新的经济形势比你还慌，他们也不知道到底要怎么做，转型转两年半的企业一大堆，死在转型路上的一堆，还有一堆没有转型的苟延残喘。

有个朋友是总经理助理，经常喊我聊战略，说老板脑子水和面粉不小心又混一起了，这个月又亏了一百多万，说自己有责任感和使命站在更高的角度去提醒他，不能让公司这样下去了。虽然，小朋友多动脑筋是好的，但是，战略和前瞻不是读两本成功学就能搞定的。

创业之所以压力大，是因为，老板们永远在做这样的事情，把足够宽的公司可以发展的道路，聚焦到某一点开始发力。当他遇到战略困惑的时候，不跟老婆讲，一部分是拉不下男性自尊，另一部分是中国大部分男性内心都有的"那个娘们除了买买买到底懂啥"的人生疑问。不跟下属讲，是很容易造成舆论恐慌，下属吓得赶紧找了下家，这个气就泄了。放眼望去，老板的难无处可说，只能孤独求败，在他的一亩三分地的办公室，来回踱步，一烟灰缸的烟蒂，也是徒然。

创业跟练独孤九剑是一样一样的。令狐冲问风清扬，太师叔，徒儿尚有一事未明，何以这种种变化，尽是进手招数，只攻不守？风清扬道：独孤九剑，有进无退！招招都是进攻，攻敌之不得不守，自己当然不用守了。要旨在于悟性！

这跟创业是不是一模一样，这跟人生都是一模一样。开弓哪有回头箭，煎熬是必须的，没有标准答案是必须的，试错的成本也是要付的，不管是爱错的人，还是做错的事，依然有价值。

事情的本身从来都没有意义，意义都是人为赋予的，你觉得它有正向的意义它就有，你觉得它让你跌入谷底，你可能还会跌入深渊。

所以，那些个找我聊天，咨询，说战略，聊人生的主儿，每个人都在等我说一个可执行的答案。我断然不会这么厉害，早年有人是送了我"半仙""神婆"的称号，那也是多半因为我喜欢做一个旁观者，洞察事物。

我只是在乱七八糟的线团中，帮着找到了一个线头。在丧的情绪里，插科打诨让大家忘却脚边的泥泞，而所有的答案，都是靠每个人自己一步一步走出来的。

生活，原本就没有标准答案，老板不比你们机智多少，就像高考一样，那些大题，他们也不会。

下回找我聊天，记得发我红包哟，我的小可爱们！

当我们受到了生活的暴击后

翻翻以前的旧照片，似乎很难笑得像以前那样开心。

你觉得你好像什么都没变啊，生活这个大魔术师就是会慢慢地带走点什么，又留下点什么。老子说：知其黑守其白。也会小心翼翼珍存那些内心尚未崩坏的地方，做到知世故而不世故。

男生们在受到生活的暴击之后，总是变得更加隐忍，遇到点烦心事也自我消化了，想跟谁说，好像也很难找到一个恰当的人选。于是，就有了经典的那一幕，很多男生下班之后不回家在车里呆一会儿，那一刻是他们一天中难得的清净。男生们受到足够多生活的暴击之后，我们总是会夸赞他们说，嗯，更有男人味儿了，更沉稳了，更足智多谋了。

总之，多为褒奖。

当一个女生受到生活的暴击之后，长出来的东西，多半是磨灭女性本身的特质的。她首先会变得没有以前可爱了，那些社会上的蝇营狗苟，她必须长出厚厚的铠甲，才不会受欺负；才会在面对男性客户骚扰时，可以强势地反击；才会在甲方为难时，坚决又不失谋略地化解。工作和生活在很多时候是消解性感和浪漫的，她们大部分时候得藏起自己的女性特质，才能在职场上与人更好地厮杀。这与大众传媒中宣扬的女生就应该是"白幼瘦"是相悖的。

她们也会变得攻击性比较强，这个攻击性大多是为了捍卫，捍卫权利、底线，反抗职场 PUA[1]。所以，她们化被动为主动。她们得收起自己的情绪化，变得更加有逻辑，变得身段硬，才不至于被拿捏。想起自己在职场上遇到的一切恶心事儿，那些都让我变得比以前更凶悍更雷厉风行。有时候我会想这到底是好事还是坏事儿。可是，大部分时候生活没有给予我们那么多思考的时间，成年人的世界往往悲喜交加，那些好事儿坏事儿往往不与我们商量就一股脑儿地全部扑向你。等你真正有时间消化的时候，悲伤也没有那么悲伤，喜悦也没那么喜悦，就继续往前冲吧。

有一阵子很迷恋渡边淳一，边边角角的作品看了个遍。那个时候《钝感力》这本书还没有如此的流行。读了那本书，我发现我是钝感力本钝。我以前断然不那样，小时候也会为选举班长落选而悲伤很久。人就是有潜能的，生活的暴击让

你自己就有了快速筛选和处理自己感情的能力。

我总是给自己的伤心一个截止日期，告诫自己，伤心不可以太久，会影响接下来要发生的事情。面对自己认定的目标，即使失败了，仍然给自己足够强的信念感，以及慢慢地攒资源信息来实现它们。对于别人的流言蜚语，讽刺嫉妒，大部分时候我是无感的，因为嘴长在别人身上，你无法一个个去堵住它们，你也就战略性选择了放弃与无视，心情散淡之余，还会拿出来自黑一把，想着多大事情啊，就这样吧。面对大部分的表扬，总是一笑而过，我太知道这才哪儿跟哪儿啊，还早着呢。并且时刻告诫自己：要常怀感恩的心、谦卑的心，抱有对世界的好奇之心。

暴击之后，也会变得更加的敏感，学会了观察。在大部分的场合总是希望做得周全，尽量去照顾每一个人的感受，话不要掉地上，多活跃气氛。这些把你的女性特质逼仄到一个窘境，消失殆尽。会变得非常地有分寸感，时常身上飘荡着一种"内有恶犬，生人勿近"的气质。很怕打扰别人，麻烦别人，叨扰别人，于是总是跟每一个人都尽量保持疏离且友好的关系，让可能发生的伤害变得最小。身上像是装了两个开关键，一边是敏感，一边是钝感。然后训练自己的感知力，在该敏感的时候敏感，体恤他人，包容一切。在钝感的时候钝感，韬光养晦，蛰伏。

这些造就了现在的我，或许不可爱了，性格中明亮的部分变少了，灰色的部分变多了，攻击性变强了，疏离感增加了，更具有分寸感了。你很难说这到底是好事还是坏事，唯一可以肯定的是，我现在还不错，那些都是生活给予的，我们都得照单全收。

有人问我，你想回到你的 18 岁吗？

我总是会说，我不想。接纳不同时期的自己，也是人生要学会的重要一课。况且潇洒如我，是真的不想回去。

在动荡的年代做一个有坚守的人

是否每一个 KOL [1] 都要开视频和音频才叫追得上风口？

是否每一个自媒体人都该追求极致的 10 万＋，才叫一个真正的自媒体人？

新书《愿你往事不回首，余生不将就》上海肆意生长见面会，有一个女孩儿问："10 万＋不是一个市场认可度的标准吗？为什么要牺牲阅读量写那些东西呢？"

自称臀部 KOL 的灰鸽说，写作的人，分两种，一种是我写什么你看什么，另一种是时代想要看什么，就迎合着写什么，认真写作不媚俗的人越来越少了。

上海大学上海电影学院的孙逊老师，则掏出了自己的手机，一个个读着所谓 10 万＋文章的标题，来的人都不约而同

1　KOL 一般指关键意见领袖，来自英文 Key Opinion Leader，简称 KOL，是营销学上的概念，通常被定义为：拥有更多、更准确的产品信息，且为相关群体所接受或信任，并对该群体的购买行为有较大影响力的人。

的笑了。我想这种笑来自一种共识，就是10万＋文章的起名字的套路，相似而轻薄。

我问那个女孩，你觉得新裤子乐队之前一直那么小众是因为他们不优秀吗？不是。是因为他们独立的态度，超越时代的音乐，不被大部分人所能理解。然后，因为《乐队的夏天》他们出圈了。他们是因为一直跟随市场而被发现的吗？相反，他们是因为坚持自己的音乐风格而出圈的。

我本人也从未想要跟随热点去写作，我只写我想写的，我的文字没有那么哗众取宠，就表示我认为那样不好。我想坚持我的态度，以及对世界的思考。迎合别人一定很容易，一直坚持独立的、有自我的价值观输出才更难，因为那是少数人要走的路。有时候被一些机构邀请做直播，虽然我可以很好地完成工作，但是我并不喜欢直播时候的自己，我觉得那个不是我，是被迫营业的我，说着重复的话，以面对低幼的态度对待观看的人，时刻说着，宝宝们，几号链接，什么折扣，反复说，一直说，我讨厌那个时候的我。

我跟企业家打交道太多了，我发现有两件事很难。一个是企业家的事业能跨越时间周期。另一个是，企业家能认知到自己的能量边界。我们普通人也是一样，我们不会每一个时间节点都踩对，也不是每一个风口都适合我们。因为大家都去做音频视频节目了，我们就要一窝蜂地迎上去。我对自己的认知是，我能一辈子做好一两件事已经很难了，我一定不会追上每一个风口，我的能量可能就在文字上，而且我热爱这件事，我想坚持地写下去。

回到跨越时间周期这件事，我鲜有看到有哪位企业家跨越了时间周期，因为每个人都有属于自己的时代。人的生命是有限的，如果我们真的想做一些事情，我们要把自己安放在超越生命的事情上，我想写作这件事是这样的。

虽然，能随时跟着风口变换的人，我很佩服他们。但是，我并不想做那样的人，我会觉得自己很像是一个时代的跳蚤，虽然在每一个时代都可能吸到了血，但是，并不会留下些许痕迹。

这些年，时代的风向越来越诡异，一夜起来事情就戏剧性逆转。虽然信息越来越发达了，但是，人好像并没有因此变得越来越清晰自己要干点什么。好像一切都可以干，好像一切又都不容易。因为一切都在变，大家会越来越焦虑。这种焦虑一部分来自时代，一部分来自舆论制造的信息，人很容易就陷入到信息的泥沼中，无法自拔。好像周围都是日进斗金的大富豪，都是些干什么事情都容易得要死的成功人士。

我们至少有点基本认知，关于事情的发展。我们不要看大家怎么说的，不要看事情的表面逻辑，深入地去想一想。朋友圈每个云淡风轻的秀，都是一种虚荣，大家更多地展现自己人前显贵的样子，谁会跟你说，我努力得很不容易。

因为，做出努力的样子的这件事，就有很大的危险。是一个可怕的人设，你做不好，大家就会群嘲你，你看你这么努力，还不是就那样。你要是显得一切事情都云淡风轻，也会被人诟病，不是背后有人，就是上头有人。没有人愿意相信那是你努力的结果，大家只会觉得，你，还不就是运气好；我不如你，还不是因为我缺了一点运气。

我们思考问题，还是得需要一点常识。我们思考自己人生的时候，还是要认真地认知自己能力的边界、可以突破的地方。而不是别人怎么做你就怎么做，不是你了解了马云的经历，你就能经历马云的苦难以及马云苦难后的复盘，获得马云的人格魅力。每个人的成功都不可复制，仔细想想你到底有什么？你想成为一个什么样的人？并且你要为此付出的努力是什么？

很讽刺的是，我出第一本书的时候，很多人加我微信说，我要跟你一样开一个公众号，像你一样坚持写下去。至今没有人坚持下来。我出第二本书的时候，又有一大波人跟我说，野酱，我要跟你一样坚持写作，然后出书。很遗憾的是，至今我也没有看到哪一位坚持下来。大部分时候，我们没有到拼智商的时候，我们只是在拼坚持，很遗憾大家的理想都挂在了坚持的路上。

这个时代或许动荡，有很多不确定的因素。如何把那么多不确定的因素用好，去过一个你想要的确定的人生。我想，更多的是我们要有坚守的东西。

CEO 应更独立地走过企业的至暗时刻

创业企业的 CEO 通常会找我倾诉企业最近遭遇的问题，各式各样不胜枚举。但是总结起来，大道至简，也很简单：缺人和缺钱。

他们通常也会简单直接地说：你再给我找点人或者你再给我找点钱。围观周边的例子和自己的例子，你给找的人，通常容易流标。跟你要钱的时候，如果逻辑你也没有想明白，或者你觉得这个创业者有待考验，也不用急着给钱。

你给找的人容易流标，这个很好解释，CEO 是企业的灵魂，他的风格一定反映了企业的风格。老板是自由灵魂，企业氛围一定宽松。老板如果是老干部风格，企业也多半是这个风格。老板一旦做了老板，有了话语权，都有一定自己的认知结构。外人不能代替他的认知结构。这件事的难度，等同于相亲。不是自己找的，不是自由恋爱的，多半在日后有更多选择权的时候，挑三拣四。

所以，找人的事情，你发现帮忙好帮，摔一堆简历过去，最后入不了老板的眼是一个再正常不过的情况。另外，还有一个岗位匹配度的问题，上下级的匹配度问题，企业文化风格的匹配度问题。

就像相亲最后不了了之是一样的，说不清对方哪里不好，就是最后成全不了。招人的事情，CEO 真得自己来，特别是企业早期。

提醒一句，招人的风格必须要有多样性。

另外一件事关乎到钱，这个时代已经不是上一个创业时代了，只要胆子大，就能走得远。现在人胆子都大了，这个阶段就是中国创业的 3.0 时代，拼的不仅仅是胆子，拼的更是精细化的东西。服务，产品，研发，营销，多维度全方位。

动辄遇到点困难，就来跟投资人要钱的 CEO，我个人是不看好的。这就像是一个意志薄弱的长跑运动员，事情还没做得怎么样呢，天天叫唤，心智还是没有经过淬炼的。如果你一旦很轻松地给了一笔新的注资，这在某种程度上就是给了一条捷径。人总是喜欢偷懒的，一旦有了捷径，捷径就很可能变成他通往未来的唯一道路。心态就变了，就像一个小孩，跌倒了，你是立刻扑上去就扶他起来，并且还帮着骂"地"一样，是一种不正确的育儿方式。

应该让他自己用自己的能量站起来，一来他会发现也不是多难的事情，二来，如果他站起来了，他能获得极大的自信和鼓舞，如果他不能站起来，一个优秀的创始人也应该学会复盘以此来获得成长。

CEO 可以找人倾诉遇到的困难共同想办法，但是 CEO 心态上更应该独立地走过企业早期的至暗时刻。这不仅是意志上的淬炼，更重要的是，至暗时刻才会逼迫你去穷尽所有的可能，去让你反复推演"我这么做到底对不对"。企业还小，你的试错成本还是很低的，你必须在此刻训练你的思维模型，否则一旦企业做大了，你再去锻炼你的思维模型、推演习惯，那时候稍有不慎说不定带来的就是对你整个人生的毁灭。

CEO 喜欢找我说一切的事情，当然，这是对我极大的信任。我希望我们之间不仅有情感的宣泄和梳理，更重要的是战略打法的脑暴，因为发泄情绪本身并不能解决问题，冷静地解构问题才能走出困境。

未来仍属于愿意弄脏双手的少数人

陈振宇是我的网友，但是实际上我们早就在活动中碰过面。我在那里忙得风风火火，他在那里看创投圈的事情，那个时候应该云里雾里。他的另外一个身份是南大软件学院的博导。

然后彼此躺在彼此的朋友圈，不声不响。

我有一阵子密集地接触出版社，陈振宇就将他的同学马一木介绍给了我，马一木是圈内资深媒体人。对，中间还有因为我在群里疯狂输出，而加为好友的刘嘉教授，他也是南大软件学院的教授。因为他们一堆人我又认识了马徐骏老师，他是得到大学的校长。总之，各种机缘巧合，认识了一些奇特又有趣的人。要说起这个社交网络的建立，真的也是蛮奇特的。感谢互联网让我们突破了物理距离，能走到彼此的熟人圈。

真正地跟陈振宇见面是 2019 年的年底，桌上有马徐骏、陈振宇、马一木、我，认真来说，这个饭局是少了个刘嘉的，他矫情地又没有来。那是我们第一次比较深入地交谈一些创业以及资本的事情。照着我一直的个性我问题问得非常直接，以陈振宇的个性，他也非常直接地跟我说，企业什么现状，他什么心理状态。

我还记得那晚，我应该跟马老师充分赞扬过陈振宇同学的那种劲儿劲儿的感觉，非常有创业心态的一位老师，跟我见识到的大学教授完全不一样的状态，非常实干，是我非常欣赏的状态。我也诚恳地说了，他项目当时存在的问题，我说如果一直这样下去，可能一直就只能做这么大，扩大很难。那个时候，我根本没想到用什么样的词汇去描述陈振宇这样的状态。

另一个问题就在于，我其实记不清那晚上我如何犀利地提出他企业的问题了。我在南京开读者见面会那天，我们一起约了个饭。他跟我聊起我去年犀利的提问，以及他今年思考的解决方案。我当时觉得，这人可以，必须得成功啊！

我经常跟企业负责人吃饭，企业找我咨询辅导，我也会经常犀利地去提一些问题。但是，很少有老板能深刻认真地去思考解决方案，他们更多的是放着。有一些职业经理人，看起来是咨询问题，最后都会放着并不解决，职业经理人拿着丰厚的年薪很开心的，主动寻找问题解决问题，不是自己找不痛快吗？所以，我通常也只说一次，毕竟企业是你们的，不是我的。第一次的问题没有解决，再问其他问题，我怕我费了脑子，犀利地说了问题，最后不了了之，得罪人不讨巧的事情我也不想干。

一个企业的成功是有很多种的因素的。发展过程中，有太多的不确定因素，很多投资人都会说，更重要的是投人。比如，我经常看一些企业或者基金负责人，觉得就得找那种自尊心很强，一直追求卓越的，要求他们60分，他们都不好意思拿出来交卷，怎么都得给你拱到85分才给你看的，这样的企业负责人，我通常很看好。

简言之，有时候选一个人，其实是因为他呈现出来的状态，是一个积极的解决问题的状态，有不灭的意志和无尽的渴望。不一定这个企业一定会成功，但是，那个做事的状态非常之迷人。他如果做的情况太差，他的自尊心都不允许他交卷给你看。你也乐于去帮助这些人，去贡献自己的一份力量。

晚上吃饭，我可能喝了点，借着酒劲儿，我说，陈老师，我觉得你一定会成功。我并不是恭维他，我是觉得他作为一个大学教授，该有的都有了——社会的尊敬、不错的生活……但是，他依然愿意躬身入局，不断思考，去寻找新的突破点。我当时脑子里浮现的就是，未来仍属于愿意弄脏双手的少数人。弄脏双手就是完全不理会现在有多成功，多厉害，多有社会地位，仍然会愿意低身虔诚地去干一些事情。

我更加深刻的觉察是，我每一次见到他，他都能呈现很不一样的精神面貌，你觉得他越来越自信，越来越清晰。不断地在跟自己复盘以及跟我们讨论复盘的结果和思考。我并不是先知，可以预测到陈振宇一定会成功。但他这种状态给我这样的信念。像他这个年纪和社会地位的人，可能早就安于现状，该干嘛干嘛了。他的复盘能力极强，我在南京的读者见面会开完，侯印国老师、刘嘉老师，一顿疯狂输出。晚上，陈振宇就给每一个要点口述梳理出来了。我觉得他非常聪明，更重要的是勤奋。

未来仍属于愿意弄脏双手的少数人，陈振宇同学你要继续加油啊！

成功需要朋友，巨大的成功需要敌人。勇敢的少年啊，快去创造奇迹吧！

谁还不是个工具人

　　作为一个资深的工具人，来聊聊这些年做工具人的体会和感受。对我思维影响很深的前辈，袁岳先生。我日常叫他，老大。跟他工作的时候，他跟我说要有服务精神，并且他本人也是这样的人，身体力行。一个有大格局的人，好像不应该在意眼前的那点得失，小付出。应该"风物长宜放眼量"。

　　很多人跟我合作，会觉得身心愉悦，常常觉得小野老师怎么那么好合作。本质上是因为，当我答应你这个合作之后，我能自己提前做的功课都自己提前做完了。我麻烦叨扰主办方的时候非常少。在合作之前，我也会问好何时合作，占用多长时间，以及需要我配合什么。当然，合作的过程中，也常有突发情况，于我而言，大部分都能化解。更主要的是，我是靠嘴吃饭的，靠嘴的前提是脑子，嘴是一个输出工具，输出之前得有大量的输入，才能在输出的时候，深入浅出，举重若轻。不管是去企业做企业培训，还是作为一个写书的人出席活动、主持活动、录制电视节目和短视频，或帮助一些机构去做公益直播，本质上看似靠嘴吃饭，实质上靠的是脑子。

最最主要的是，他们付了钱，我得为他们付我的钱负责，这样才能让合作长久。当然，也常能遇到一些想让我白做的。不付钱的买卖，我只允许发生一次，毕竟任何的合作，我会告诉自己要先行投入，头一次合作的信任以及专业度要给足。但是，白干一定是不可持续的。本质上，这就是没有在认可你的价值。如果，有人认可了你的价值，有的人只想着从你这里获得免费咨询，那么，从一般人角度，你会选择什么呢？

不要跟我说，钱不重要，我们谈谈感情。那么，我也不能认同，与一个老阻碍我搞钱的人做朋友。毕竟，老话还说了，挡人财路杀人父母。时间就是金钱，可参加可不参加的活动，我能自个儿待着就自个儿待着。

有些人当工具人当习惯了，比如，最开始的我，还羞于谈钱。总是要在一次次的吃力不讨好中学会成长的。善良这件事，如果没有棱角，就会变得非常好欺负。别说什么大道理，一个没有棱角的好人，一定也不会受到什么重视。因为，大家总是默认为，你就应该如此，便不会珍惜。我们的精力有限，我们更应该把自己的精力耗费在更值得的人身上。我的深情有限，当我发现你在践踏，那么对不起，我会选择收回。

常常微信上，一个完全不认识的人，可能是活动上加的好友，给我提出一些匪夷所思的要求，有一些非常容易的，确实帮起来不费力气的，我一定是甩手就帮了。有一些忙，看起来就匪夷所思，比如，让我半夜起来教他怎么拟定合同和审核合同，而且我没有见过这个人，我也不知道这个人是谁，一上来就很突兀地要求我这么做。这样的例子很多，还有拜托帮着找对象的，找工作的，免费寄书，送签名书的。大家大概不了解这么一个情况，作为作者本人，虽然出版社会给一些公关用的书，但是这个数量很少，一般 10 本左右，后面送人的都是我本人花钱买的。有时候，脑子一热，心情一好，我也会该帮的不该帮的都帮了，这也会滋养出一些没有边界感的人，给我提出更过分的要求。当然，是没有下一回了。

一些人还喜欢咨询我企业的问题、感情问题、工作问题，更有一些零零碎碎的简单问题。比如：我面试穿西装还是穿不那么正式一点？或者是一些大的没有谱的问题：我该如何找到我喜欢的工作？如何学会说话？如何才能让别人喜欢？一般问这些问题的人，问了之后，你一顿操作猛如虎，人家该怎么样怎么样，既然都是废话，为什么还要说呢？

那么，这一大堆别人的问题出现之后，带给我本人的困扰是什么？就是当你的社交圈扩大了之后，想免费咨询的人变多了之后，不得不逼着你去筛选一些更值得解答的人。何况，这些琐碎其实会把你肢解，你本来可以拿这个时间去处理自己的事情。我的方法是，一些有价值的会选择一个时间段去回复，一些没价值的，大家问百度不香吗？所以，别问我信息为什么不回。

也不是所有的活动都是有偿的。比如：有一些有趣好玩的活动，本身没有活动预算。但是，我没有尝试过，想玩一玩，我也会去的。过往我办活动，一般都会有偿。无偿的我一定会跟对方说清楚，在其他地方找补回来。比如，虽然没有钱，我也会想办法送对方一些小礼物，或者请吃饭。我会尽力给到别人一定的宣传价值，曝光价值，或者能赢得更多合作的机会。我欠着别人的人情，我一定会记得，遇到可以找补的机会，一定会尽力想到的。

另外，我很讨厌什么"能者多劳"这种话，这种话，就特别渣。看着像捧你的，实际上就是一种 PUA。特别是在职场，哪是能者多劳，是办公室里最好欺负，最好拿捏，最不会拒绝的多劳。明明拿着差不多的薪水，那些被冠以"能者多劳"的也往往是背锅最多的，加班最多的，最吃力不讨好的。

面对这种情况，你首先要明确你的边界感，哪些工作该你做的，哪些工作不该你做的。当然，还有一些情况。比如：不管怎么分工，在职场都会有职能空档，或者边界不明的新任务。根据自己的本心看，觉得这个新任务是挑战，自己很感兴趣，即使不是自己份内的事情，多承担一些，也是上司发现你的机会。第二，就是对于一些明显的PUA，要说不。

情场中，男生女生也警惕沦为工具人。性别特征决定，女性更愿意无私无偿的去奉献，特别是确立关系后，更像是一个任劳任怨的老妈子。而且，一旦女生被养成习惯性付出牺牲之后，更容易变成一种惯性，无意识的行为。很多时候让女生自己觉得自我价值感极低，男生再说一些：除了我谁能要你？就你这样的，也就是我心地善良。这种渣男语录，不断强化，女生甚至会真的认为，这个世界上，除了面前这个男的，找不到更好的。

感情中的付出，当然无可厚非，只是，我希望大家的深情都能被人善待。我一直觉得，能量是守恒的，也是流动的。我们付出了一些，老天爷也会在其他地方给你更多的回馈的。我们永远不要只看到自己失去的，付出的，更重要的是看到自己得到的。常常觉得，身边的人对我有很多的善意与帮助，有时候觉得好像很难报答，有时候也宽慰地告诉自己，人生啊还长着呢，有些欠的人情，是为了让你们能维系更久更坚实的友情。

我妈妈也是个乐于助人的人，她常常话糙理不糙地说，我在这里帮助了别人，当我女儿遇到困难的时候，她一定也会遇到善良的人，给予她帮助的。

我是工具人小野酱，我希望你们的每一份付出都有回报，你们的每一份深情都能被温柔安放。

那些创投教给我的事

时间倒回到十几年前，我从未想过，我会从事这样的事情。那时候，我还觉得做一个老师是一件多么美好的事情，可以影响很多的人，一代又一代的。那个时候在我的眼里，教师是一个可以跨越时间周期的事情。我在外企做培训师的时候，也没有想过我可以做这样的事情，那时候想的是，如何从主导江浙沪皖，到未来可能可以管全国的培训师。

小时候也没有追求过明星，喜欢的都是商界翘楚、文学大咖。要是具体说，对于商业的热情从什么时候开始，只能牵强的从那个时候开始算起了。人总是喜欢给自己的回忆加上更美好的或者更糟糕的滤镜，我们总是喜欢加工它们。

后来，我进入了创投这一行。这个行业比别的行业，更直击人性，更考验人性，像一个照妖镜一样，把性格的瑕疵放大到厌恶，人性经不起考验与直视，也会映射出人性的善。钱的作用，时不时会放大人性的善与恶，狡黠与投机。从 0

到 1 的实践更是在放大的基础上，又放了一个大招，因为有试错，就有人为错误买单，鲜有人愿意直面自己性格的缺陷，直视它和克服它需要极大的勇气和耐性。每当我在深夜思考这些企业的成败时，都会被自己的反思，弄出一身的鸡皮疙瘩，我发现我知道症结，很多时候还是束手无策，这种束手无策也绝非是单方面造成的。

今天的感慨，来自于拜腾汽车神话的幻灭。多么明星耀眼的团队，"霍霍"得也是彻彻底底。基于一些观察，发现不管是母基金或者基金本身，在挑选团队的时候，都喜欢挑背景亮眼的，简历闪亮的。我突然有了一个疑问，当有过辉煌经历的职业经理人，收拾得干干净净，能说会道地站在基金公司面前融资，是不是具有一定的欺骗性。这些有选择权的人，感受过好生活的人，能否真的低下头来，从头开始去耕耘一件事，还是说，只是为了简历润色一下，酒足饭饱后就奔向下一个更适合养老的站点。

或者那些在大企业待过的人，把大企业的那套用在小团队身上，是否切实有效，毕竟小企业的容错率极低。会不会事情没有做到那里，盈利没有流畅，就开始大刀阔斧地去建设一个相对齐全的团队，而造成人浮于事的景象。那些从大企业出来的人，是更喜欢一个 CEO 的头衔，那种大家围绕着你转的感觉，还是实实在在地耕耘一些事情。

很多大企业强调在这个时间节点要创新，因为发现上个世纪的打法不管用了，不管醒悟得早还是醒悟得晚，他们总是有实力的，毕竟完成了原始积累，但是问题是，他们有的是钱，是良好的物质的基础，但是思路还是上个世纪的思路。在运营一家公司，甚至在运营一家要做新的增长点的创业公司，这种旧瓶新酒，或者新瓶旧酒的逻辑到底靠谱吗？

做事情的时候，我常说，不要跟我讲道理，我不是一个讲道理的人。是因为，在创业早期，我们更需要的是结果导向，结果不会骗人，过程和解释可以有很多迷惑性，自洽性，故事性。但是，结果不会骗人。

做企业，做一个长久的企业，就是得扎扎实实的，容不得那么多的糊弄，你现在糊弄了，乘以人数，乘以时间，那就是幂次方的扩大。越是看多了挂掉的企业，越是对创业这件事，抱有敬畏之心。它不是人干的事情，但是人干好了，是不得了的事情，这种凤凰涅槃的感觉，是想成就一摊事情的人必修的课程。

很多人都想成为厉害的人，想过一个有意义的人生。但是，"有意义"和"厉害"该经历的每一步苦难都没有人能代替你经历。浮躁做不好企业，投机做不好企业。否则，都是陈欧，但又从"聚美优品"到"巨没有品"。

那些创投教给我的事，是解读人性的事。

欧洲投资圈围观实录

我的第一任老板专门负责骂我，以前每周一早上例会，我从周日晚上就开始抖活。开始思考，他明天会聊什么，会分析什么，会问我点什么，周日晚上就开始思考，对着一堆销售报表，思考过去一周自己遇到什么问题，有什么思考。我以前，非常讨厌他盯着我说我。后来回忆起来，他留给我的两个好的工作习惯。第一，即时地有效复盘。第二，他无数次对着我说的，做事情得目标导向。

来伦敦之前给自己定的几个目标，从产业的角度看看英国是怎么发展的。走遍英国的主要的城市，重点围观欧洲的投资圈大概是一个什么样的氛围。怀着谦卑的态度看世界，看自己，看他人总是没错的。学习这件事本质就是，若你想，必满载而归。

来之后，做了几件事，建了一个游玩的社群，找小伙伴一起玩。目前，几乎玩遍了整个英国，最北到了苏格兰的因弗内斯（Inverness），最南到了怀特岛，西面去过北爱尔兰。所到之处也必用文字和视频记录，小红书、微信视频号、公众号同步更新，想看的自己去围观。跟班级同学攒了一个伦敦女性咨询社团，邀请一些行业的伙伴进行了一些分享。跟欧美各个国家做基金和母基金的小伙伴做了一个欧美华人投资人的社群，进行了一些在线分享会以及一些热点事件的看法讨论，包括分享各地投资的最新趋势。也帮助本地的母基金公司推荐一系列的中国公司，欧洲的同仁们也会及时分享最近投了什么项目，大概什么思路。也探讨过有没有中国的项目可以投，或者哪一类的项目适合在中国落地。

首先是投资节奏的问题。美国的投资节奏和中国的投资节奏是比较接近的，侵略性还是很强的，如所有的传奇故事中出现的一样，最疯狂的时候，大家都是约在高铁站和机场进行会面，然后当场就签了。美国现在还是很疯狂，会不断发明一些更"短平快"的投资方式。比如：今年的年初SPAC[1]上市方式。很多基金就是one-man-show（一个人的公司），搞一个SPV[2]的项目，通过 network（关系网）去找一些散户的 LP（有限合伙人）之类的。简言之，就是八仙过海

1　特殊目的收购公司，海外借壳上市的一种方式。
2　Special Purpose Vehicle，简称 SPV。在证券行业，SPV 指特殊目的的载体也称为特殊目的机构/公司，其职能是在离岸资产证券化过程中，购买、包装证券化资产并以此为基础发行资产化证券，向国外投资者融资。是指接受发起人的资产组合，并发行以此为支持的证券的特殊实体。

各显神通搞钱。欧洲的 old money 们就稳健多了，各种家族办公室，欧洲的投资圈也多养老姿势。大体可以概括为，我宁愿错过，我也不想投错。

其次是，投资母题的问题。之前欧洲母基金的朋友让我推荐一些国内的基金公司。以前在国内主要关注新消费赛道，认识的也比较多是跟消费相关的。但是，消费母题在欧洲母基金看来就壁垒不够强。他们更愿意关注一些科技感更强的，即使是消费领域也希望是技术赋能的。纵观近现代人类历史的一两百年，欧美几乎制定了现代社会发展的游戏规则，不管是法律、教育、医学、科技。所以，他们更愿意去投资有前瞻性的科技不是没有道理，毕竟市场的规则制定者才是真的"爸爸"。人类历史的大发展都是伴随着技术的革新，生产工具的发展才能真正的推动世界往前进步。英国吃的就是工业革命的红利，美国人吃的是互联网革命的红利。所以，从投资母题上来说，他们更喜欢真正有技术壁垒的东西，哪怕前面走得难一点，时间久一点。倒不是"外国的月亮都是圆的"，说起来这才是一种真正的长期主义。

往往社会结构的变动蕴藏着巨大的投资机会。美国有足够大的消费市场，有这样的土壤去发展 DTC[1]，中国有这样

1　DTC 即 DTC（Direct To Customer）营销。是指直接面对消费者的营销模式，它包括任何以终端消费者为目标而进行的传播活动，它与传统媒体如电视广告等的传播方式相比，优势主要体现在更接近消费者，更关注消费行为的研究，更重视消费者生活形态的把握。

的机会去壮大 DTC。中国在各地有大量的生产企业需要转型，我们有巨大的市场，去实践 DTC 的结果。但是，欧洲就会特殊点，本质上欧洲是碎片化的，文化是割裂的，语言区域多，导致了区域上的隔离，因此消费市场不够广大。去欧洲的线下门店观察，欧洲人民的手机，迭代就很慢，他们属于能用就行，不需要上市一个新的 iPhone 就立马换一个。门店的手机壳，都还停留在 iPhone X 之前的时期。他们也很依赖线下门店的购物方式，或者网页端的购物方式，跟中国的网购便利性比较还是慢出好几条街的。我在这里几乎戒掉了网络购物的方式，一方面我是比较想看看这里的业态发展，另一方面确实丢货情况还满严重的。你就看到一个快递，网站更新着更新着，没了。

信任度的问题。当然很多人都知道未来机会在中国，观察者是多数，大家都还在观望，入局者甚少。很多基金公司都会招一两个中国员工，一方面是为了追求多样性（diversity），另一方面是为了读懂中国市场到底是怎么样的。但是，他们往往招的都是本地的刚毕业的商科或者金融的学生，这些学生因为缺乏市场的洞察，实业的具体操作，只能从网上找一些二手的资料，真正做投资决策的时候，依然是没有话语权，不够强势，自然是起不到改变上司决策的作用。因此，从观察者到入局者还需要在这些机构中的中国人逐渐成长为成熟的职场人，才能拥有更多的话语权。另一方面，投资者更担心在这样的历史时期，会不会有一定的政策风险，比如，钱进去了，出不来。

另一块就是投资人学习能力带来的决策力问题。DTC 刚进入中国的时候，每个人都为 DTC 定义，因为具体实践背景不同，十个人可以给出五个具体不同的定义。那么，投资圈都是好学生，他们就会犯一个好学生的毛病，追求标准答案，即我得完全弄明白，我才下手。很多时候，等你完全弄明白，就错失了最佳的投资机会。当一个新事物出现的时候，所有的实践都在完善对这个新事物的定义。有时候，我们少谈点主义，多搞点实践，会比只在桌上空谈有用的多。

最近 ESG[1] 投资特别火，万物新生（爱回收）更是号称打响了中国 ESG 上市第一股。有人就酸，啥叫 ESG 搞清楚了吗？没搞清楚就开始动手做，我们老板一会儿说 ESG 是这样的，一会儿说 ESG 是那样的，自己没搞清楚，就开始让我们去做，我们不是更慌乱。探索的精神是一个投资人必须有的素质，你的每一次探索都在让 ESG 这个概念慢慢变得更清楚。我不觉得马云在做阿里巴巴的时候完全能表达清楚，他要做的就是今天的阿里巴巴，一定是边走边摸索。

很多人觉得看不明白中国消费市场这么火热是为什么，

---

1 ESG 是英文 Environmental（环境）、Social（社会）和 Governance（公司治理）的缩写，是一种关注企业环境、社会、治理绩效而非财务绩效的投资理念和企业评价标准。

有什么意义，壁垒又不强。所以，不愿意投。基金公司的本质的目的是什么？难道不是帮金主爸爸赚钱？欧洲的社会阶层相对稳定，但是，中国处于巨大的社会结构变动时期，祖辈父辈不知道什么是好东西，能用能吃就好了，未来的年轻人更多审美要求和情感诉求，因此，在中国所有的东西都值得被做一遍。

很多来欧洲的中国人都想做欧洲和中国的桥梁。文化差异带来的那堵墙，还是需要一波一波人的实践。其实，如果我们专心搞钱，其实很多东西都是可以克服的。以前觉得单一能力很强的人很棒，后来发现单一能力很强的人，往往做不好管理者，因为自己能力很强，便很容易在用人的时候谁都看不上，更加愿意亲力亲为，但管理从来都不是亲力亲为。现在，觉得更棒的是攒局者，因为合作并不是一个茶几，把高矮胖瘦的杯具、茶具，放在一起就可以了。攒局的人得知道每个人来的目的，每个人能贡献的，把他们放在妥帖的地方，去完成一件事。

我挺想做一个攒局者的。

当大家都有钱，我们拼的是什么？

当大家手里都有一定的钱了，都具有一定的选择权了，那么那些内卷的中产阶级到底拼什么？

我把这个问题，发给我的一系列有自我主张的好朋友。

当然，也不是所有的人都愿意搭理我的这些个有的没的想法。

也有一些朋友，把"拼什么"理解成为了什么而拼搏。而我的"拼什么"，是一个工具，我们拿什么去拼搏，在如此内卷的今天。

你有五十块，我有一百块，那个人有五百块。那么必然那个五百块的活儿会比五十块的活儿做得漂亮，获得满堂喝彩吗？如果是这样的话，姚安娜那么有钱的人，出道就不会遭到群嘲，从人设、定位到服装、化妆、造型都一言难尽。可见，即使是有钱成那样，也不能解决所有的问题。

大家常会说，只要钱能解决的问题都不是问题。我们的确发现有很多钱不能解决的问题。比如：那些怎么都捧不红的明星，花了很多补习班的钱却还是考不上大学的人。我们也会惊奇地发现一些小成本小投入的品牌、明星、网红，反而毫无征兆地火了。

这就得引入经济学一个观点叫资源诅咒。自然资源丰富的国家的经济发展反而比那些资源稀缺的国家增长得慢。用一句歌词来解释就是：得不到的总是在骚动，得到的总是有恃无恐。当一个人或者一个国家，用相对稀缺的资源去极致利用发展的时候，是最能体现生而为人的智慧的。

回到话题本身，当大家都有一定的选择权，资源调配能力的时候，我们拼的大部分时候是看不到的软实力。比如：沟通能力、收集信息的能力、筛选信息的能力以及审美能力。

现代人越来越能在社交媒体上情话连篇，见面很可能又说自己社恐，空气中到处都是尴尬。而在社会分工越来越细的今天，能够跟不同的人快速地建立不同的场域，合适的聊天氛围就显得很重要。同样一件事，沟通能力强的就会让每一个参与者明白他们是来干什么的，怎么干，什么时候干。反之，一个没有主观沟通意愿的人，首先做成一件事情的意愿就会差很多。那么这种主观的不乐意，体现在做事的逻辑上，也很大可能是混乱的。混乱的结果就是，参与者都不明确自己要做什么，而产生一定厌恶，会加重后期沟通的不顺畅。这有时候都不是钱的事情，而是在沟通事情的时候传递出来的状态。情绪价值是一个无形的价值，但是对事情的发展走向有很重要的作用。

另外，沟通这件事，词眼在"通"。并不是大家都在打字，大家都在说话，就一定"通"。而是大家主观乐于沟通，并能主动厘清在沟通中不那么明白的事情，这才是有效沟通。

第二层是收集信息的能力。信息如此"戳"手可得的今天，你如何快速地收集到对你的决策判断能有用的信息，这是个能力。很多人在思考问题时，有一个误区。就是只要给我足够多的时间，我便能把一件事情做得足够好。首先，足够多的时间就是个悖论，什么样的时间叫足够，足够就是个伪命题。另外，大部分也只是习惯在最后期限之前慌乱地把任务交出去。前面给的再多的时间，也不过是一种"磨洋工"。不管在何时何地做何种任务，从时间价值是稀缺价值的本身出发，都应该制定一定的最后期限。以此让人更明白自己应该用什么样的节奏去完成人生或者工作的任务。

第三层是筛选信息的能力。拿到一堆信息，然后从这些信息的获取中，得到思路，并且能快速组合出自己如果要达成这个工作，资源的分配是怎么样的。自己手中已经有什么资源，还需要配备什么样的资源，这些资源我应该怎么样去获取，找什么样的人更容易搞定。能根据资源的配置预判出事情的走向。

最后一层是顶顶虚幻和顶顶重要的能力即审美能力和爱的能力。大家手里都有点钱，都去整容，你会发现那些砸了几十万甚至几百万的脸，也未必是真的能做到美到惊为天人。那些微调的人也不一定就是无效整容。大部分拼的是审美的理解，也可以把审美的概念扩展到更广义的边界。比如，把一件事情做得熨贴也是美，把一句话说得如沐春风也是美。那些有美学追求的人，哪怕是洗个碗、吃饭摆个盘、PPT 的排版、WORD 文档的编辑都会比那些没有美学素养的人做得更拿得出手一些。审美素养是贯穿生活工作的方方面面的，它加分于无形，在内卷的当下，审美价值当然是一个很重要的价值。

爱的能力是更基础的能力，直白点说，就是你做一件事情的发心。人是社群动物，我们总是生活在一些集体里面。随着大家的受教育程度变高，人的能力变强，其实很多时候，一个人控制全场不是一件难的事情。但是，为什么要一群人做事，是因为一个人走路可以走得很快，而一群人做事可以走得更远。好的社群团队，其实是能互相成全，互相信任的。在合作或者和人相处的过程中，成全彼此是一个很重要的发心，这是一种大爱的表现。很多人在思考合作时，总是喜欢更多看到自己失去的。殊不知，有时候你主动的先行投入，能给你赢得更多你想不到的惊喜。

人生就是一场牌局，一手烂牌经过你的思考和组合，打出了超出预期的结果，那种成就感内啡肽的分泌，对你人生正面的影响才是足够强势的。

共勉。

人生啊，焦虑这玩意儿，管饱

说活着是场修行，没毛病。快乐的时光是点状分布的，平淡无奇是块状分布的，更多的充斥着虚无。虚无就虚无吧，虚无之后总是伴随着更大的焦虑。

如果生活是个乐手，而你又善于观察，你甚至能瞥见生活的节奏。当我无数次梳理自己的时候，我常常经历的生活节奏是：目标目标目标，压力压力压力，焦虑焦虑焦虑，成功，虚无虚无虚无，新目标目标目标，新压力压力压力……循环往复，未必真的是能每次都运气好地上升，但是焦虑是真的焦虑，虚无也往往真的虚无。

你无法像撇去汤上面的油脂一样，轻松地撇去焦虑。人生这辈子，焦虑这玩意儿，管够，顶饱。

曾经觉得，焦虑这玩意儿，是我们普通人家小孩的必备。因为，没有大树，所有的一切都得靠自己争取。年少时也曾羡慕那些家里安排好一切的小孩，人生总是在躺赢。也会在喝完酒默默地想，不努力好吗，就这样接受自己做一条咸鱼，面都不想翻的那一种。

做不到！

接受的教育，周遭的环境，父母都是相当勤勉的人，连外婆80多岁得了癌症，还得自己整个小田，自己种点蔬菜，说："人不能闲着。"

后来发现，被安排的孩子也未尝是真的开心，反而一脸艳羡地跟我说，好羡慕你啊！我说，那你现在改变还来得及啊。他们摇摇头，说改不了。年少时不解，为什么改不了呢，说好的个人意志呢，说好的人生在自己的手中呢？后来，知道了个实验，叫巴普洛夫的狗（经典条件反射实验），如果狗狗们习惯性看到红灯和铃铛响起就有食物吃，时间一久也就忘记了，自己还有觅食的技能。

抻了抻自己的懒筋，拼命往前跑，头也不回了。

跑着跑着发现，年少时就无休止地学习，像一个机器。我完全热爱不了自己像一个机器的时候，可是周围都是机器，我又焦虑了，我该做回我自己吗？经过一番斗争，那还是做自己吧。因为比一般小孩多读了几本闲书，略特立独行了一些，也是没有少接受社会的毒打。

但是，我仍然珍视自己身上，还未被应试教育完全磨灭掉生而为人的光芒。

我确实很会焦虑，日本卡通片看多了，加上狮子座，又增添了几分表演欲的意思。每次上台演讲、主持、培训，都会焦虑。焦虑无非就那几件事，穿什么，什么妆容，怎么演讲，怎么访谈。有一阵因为参加的活动太多，焦虑的时间明显多了起来，晚上睡不着觉，如果活动在下午，午饭多半也不吃，怕吃了脑供血不足，影响下午的发挥。参加多了之后，自如了不少，举重若轻，功课做得也顺当很多，面对镜头也能自然一些。

当焦虑成为了一种常态，发现能跟它们自如相处的时候，也就意味着你进入了一种自洽的境地，更懂自己的节奏，有自己的方法论，是一种高级的自由。

微信是个广场，能瞥见很多的生活情绪。也能从每个人发微信的状态、措辞、配图，品味出点什么。各家有各家的焦虑，各人有各人的心不死。大部分的焦虑来自对生活的不确定性、爱情的不确定性、孩子考学成绩的不确定性、婚姻的不确定性、工作升职加薪的不确定性。

生活就是不确定的，人类发展的长河中，有注脚的事情，都是黑天鹅事件，都是不确定。有时候，恰恰是因为这些不确定性而铸就了不一样的历史。所以，成长最重要的事情，其实是学会消解自己的焦虑，拥抱生活的不确定性。说是这么说，真正能做到这样的事情，还是要假以时日，问题处理得多了，才能习得。

我之前接受过一次采访，他们问我，你怎么理解人生？

我说：人生就是要解决不同的关系之间的问题。你和自己的关系，你和社会的关系，你和世界的关系。后来无意中读到了梁漱溟先生《这个世界会好吗?》，书中也提到了类似的观点，当然先生的注解比我清晰不少。

先生认为：人类面临三大问题，顺序错不得。先要解决人和物之间的问题，接下来解决人和人之间的问题，最后一定要解决人和自己内心之间的问题。

我的解读是，我们应该先专注在解决人和物，包括人和事情之间的关系。具象到，大学生要写毕业论文，工作的人要完成老板的项目，想谈恋爱的人要找到合适的另一半。这些事情都不容易，但是不要着急啊，慢慢来，专注在好好地处理这些事情上，处理好了便会获得了某种小小的成就感，这些小小的成就感，就能变成你在人生道路上更勇往直前的坐标。

接下来，你可能得明白一些事情。比如：与父母的关系。认知到自己是个普通人，自己的父母是普通人，自己的孩子也是普通人。发现人与人之间是很微妙的，没有人该毫无条件的对你好，是需要感恩的，是需要回馈的，是需要正向的互动的。也得明白，世界上不都是好人，虽然好人很多，但是，坏人是存在的。要学会保护好自己，不要贪嗔痴。世界也不都是非黑即白的，更多的是灰色。学过素描的人就知道，灰色是绘画作品中最能表现层次的地方，它们太丰富了。不要总觉得人性中灰色的部分不好，洞见了别人人性中不好的部分，首先是理解，其次是化解，怎么把对自己的伤害降到最低。等你品味了灰色，你就能读懂灰色，它们没有那么恐怖，它们是存在世界的绝大多数。

最后，你要直视自己的内心。你需要直面作为一个个体的哲学三大问，你是谁？你从哪里来？又要走向哪里？每一个问题都是大问题，一时半会儿回答不了。需要用很多的事件去验证，不要着急啊，慢慢来。

焦虑无处可消除，才下眉头，又上心头。你不断面对人生的新问题，不断地去解决，用具象的事情，去消解焦虑，而不是焦虑焦虑本身。

人生自救指南

我想我是非典型的，每年快到此时，我生日月的时候，总是会陷入巨大的沉思中去。有时候会觉得那些祝福，更像是某种提醒。过去的一年你有好好地去经营自己的人生吗？有学会些什么吗？有悟到些什么吗？

然后，要在纸上写下一些对未来一年的期许。一定是写下，感觉只有写下，才会刻在脑海里。这一年，在国外，接触了更多不一样的人，不同年龄段的人，不同背景的人，来自于世界各地。我跟他们一起交谈，顺便去内窥自己。时常洞察到不一样的自己，以前未曾发现的东西，吓出一身冷汗。

我想这份人生自救指南，大抵是说给自己听的。如有不同的意见，请您自行保留。

追求广阔，而非狭隘

为什么第一点就要说这个？因为，见识了很多不宽广的人，觉得见过的池塘就是大海，就觉得自己已经是海贼王。这倒是不重要，重要的是，狭隘的人，太喜欢跟人杠，属于打麻将没牌硬杠。他们好像很缺舞台，就是自己要造一个舞台。然后，时刻上来表演一番，你看我是见过世面的。

我想一个追求广阔的人，是不那么容易觉得时刻被冒犯的，是不那么容易总是注意力放在挑别人的刺上的，是不容易沉浸在网络的虚无中，然后与键盘为伍，到处去散播自己的浅薄。

狭隘让我们面对新的事物总是抗拒，总是把自己包裹得很严实。嘴上还会说，我不喜欢。很多人，到了中年之后，路越走越窄，不能说与此毫无关系。总是拿旧的方法论或者旧的逻辑，去解决新的问题，自然也是适应不了新形势的。

推翻自己过去的认知，有时候挺痛苦的。但是，成长就是不断打破过去的自己，不断把自己再组合成更强大的自己的过程，说起来，跟螃蟹蜕壳是一个道理，不可以有人帮它，它得自己从那张旧壳中走出来。

追求自我，而非附属

很多人，总是把希望寄托在别人的身上。但是，又不愿花一点时间去共建这个关系。就好像想找个"好男朋友"的女生，又总是觉得，我才没有耐心去经营一段关系，我需要的就是立马齿轮严丝合缝地咬合在一起。那就会变成某种不可调和的矛盾。就是你渴求一种关系，又总是得不到好的关系。所有好的关系都是养成的，而不是真的天上掉下个"林妹妹"或"宝哥哥"。说起来，还是某种惰性，总希望不劳而获。

我们总是在两性关系中，做很多投射，就像所有的女生都追求高富帅，且得上得厅堂，下得厨房。男生追求白富美，白幼瘦，又期待对方能独立处理很多事情，关键时刻能独当一面。可是，自己如果都是如此普通，对另一半要求还那么高，是不是有点异想天开了呢？用婚姻去改变阶级的时代，早就过去了。门当户对不能说是铁律，但是，总有那么几分世俗的道理。

如果，一个独立的自我都做不好，还对对方的要求那么多，这就是价值观没有自洽。用一句话来形容整个事情的逻辑：一个破碎的你，怎么去搞另一个破碎的别人呢？

还是那句话，不管你要做别人的妻子、女朋友、伙伴、朋友、亲人，都是一样，你首先是一个独立的人，没有人能为你的命运负责，除了你自己。

追求具体，而非虚无

很多网友，总是把自己对于爱情的美好幻想，投射到某个素人身上。林生斌、靳东的抖音爆火，不得不说就是得益于此。可能有的时候，这些人并没有明确地给自己立某种人设。但是，网友尤其女网友上头，直接给各类男人标签安排得明明白白，等发现问题的时候，骂得最凶的可能也就是当初捧得最凶的那批人。

互联网终究是弱联系，不要把自己的幻想过多地投射在互联网中。如果可能，爱具体的人，跟更多的线下的人有连结，更真实地去维系一些友情、亲情、爱情，而不要过多地沉浸在社交媒体中。

社交媒体大部分只会展现虚无，知乎人人海归精英，小红书个个富二代。公众号动不动就是草根逆袭的标题《一无所有的他，如何造就今天的商业帝国》，这种故事看多了，很多人总觉得我只要一无所有，我就能成就商业帝国。总是把一切的事情想得非常容易，容易到今天我看了这篇鸡血的文章，明儿我就能看到我营造的商业帝国。

至少有10个朋友跟我说，看你出书蛮好的嘛，我马上也写写，出出书。发心总是很宏大，实践总是很坎坷。细致到问：小野酱，你用什么笔写稿子；你用的什么稿纸；你一般几点写东西，一般写几个小时，多少字。我虽然不能说自己写得多好，但是，那些说我也出出书的人，至今没有一个人坚持超过一个月的。这个时代从来不缺聪明人，这个时代缺坚持的人，缺把简单事情重复做，不断打破自我的人。

互联网的多样性和虚无性，给每个人造就了多重人格的可能性。如果再不具备批判性思维的能力，三观就会被社交媒体扭曲。虽然，这个时代拥抱多元的价值观，但是我想基础的善恶对错，还是会有人类社会发展至今约定俗成的一些共同认知吧。

追求体验，而非结果

工作中当然要追求结果，因为结果是检验过程的主要标准。我们最怕说：你们不要怪他，他已经很努力了。虽然，这句话充满了人文主义关怀。但是，我想说，职场的容错率很低。

我说，追求体验而非结果的本意是：追求这个做事过程中的愉悦感，而非单纯地紧盯结果。无数次失败的经验告诉我，只盯着结果就很容易变得浮躁，浮躁地希望这个好结果快一点来到。我的脑子的容量是有限的，当我的脑子有一半是活跃在单纯地期待好结果上，那么我就没有更多的精力去想如何更有创造性地做事情：让每一个细节尽可能地完善；让参与的人、合作的人都尽量有良好的体验感，即，我把我要服务的对象，我要合作的对象，都当成一个具体的人，都当成我的朋友，让我们共同做一件事情的时候产生愉悦感。

体验的感受好，那么很多事情的好结果，就是水到渠成的。

更朴实的话是，做事的时候，扎实一点。

追求热爱，而非仇恨

把时间放在追求热爱上，放在对的事情上。当然，也要给身边人犯错的机会。要厘清理解、包容、宽容的心理层次。即，你可以理解很多事情，但不代表你理解的就一定得去包容。你理解是因为你共情能力强，但是，到底包不包容，取决于你俩的关系。也就是说，你可以理解很多事情。但是，一个人总是伤害你，那还是果断地挥一挥衣袖吧，并且不要带走一片云彩。

也不要去恨，恨着实没有必要。恨很伤精力。爱的反面，永远是漠视，无感。就是赶紧调整好心态，去投入到新的热爱和新的火热中去。

做事情也是一样的，我遇到很多傲慢的人，也遇到很多友好的。有时候，你以为你跟傲慢的人斡旋了很久，显得非常坚持，实际上，那对结果没有任何改变。就让狭隘继续狭隘，让广阔回归广阔。

追求敬畏，而非傲慢

指责别人总是很容易的，我们当然知道这个世界上的事情大多数想做好都是不容易的。当我们做一件事的时候，即使你以前做过类似的事情，依然还是要有敬畏之心，要经常提醒自己不要傲慢，要用平常心对待周围的人和事情。

追求阅读，而非短视频

短视频和阅读对于我们脑子的刺激是完全不一样的。视频大部分时候是被动接受的，不利于刺激你的深度思考。而阅读是一个跟自己相处，锻炼想象力以及激发深度思考的活动。所以，继续拒绝短视频，拥抱阅读。

最后，是坚定地追求自我，对人生道路上的诱惑你的毒蘑菇说"不"。你可以是一个笨小孩，但是，不可以是一个没有目标的混沌小孩。

共勉！

你被生活打败的样子

大部分努力向上生活的人，都是生活的勇士。

我们必须得承认，生活的地心引力对每个人的作用是不一样的。有人生来一切都有了；有人生来有了一切，却在某个时刻，上天拿走了原本属于你的东西，不跟你打一声招呼。

失败以及在某个时间段的迷惘从来不是坏事。因为，人都是被逼出来的。

中年人更容易被生活打败，但是大部分中年人尤其是中年女人，从来不会觉得是因为自己没有持续的学习，自己不勤奋导致了踟蹰不前的现状。社会对中年女人的确不包容。年老色衰、老女人的讽刺暂且不说了！年轻时候，能够用撒娇和卖萌搞定的事情，后来发现越来越不管用了，也总不能拿着自己一脸雀斑皱纹的老脸，去摇公司新来小朋友的手说："不嘛，你帮人家搞一下嘛。"

体能也赶不上生龙活虎的 20 多岁了。我们需要在该拼体力的时候拼体力，该拼智慧的时候拼智慧，否则在 40 岁的时候还拼体力，一定是很辛苦的！中年人害怕失去，甚至在思维逻辑上，更会看到自己失去的部分而忽略自己得到的部分。这种思维，让他们不敢改变，在自己的舒适圈里踱步，却不敢踏出雷池半步。

时间才是最宝贵的资源，人生是在每一次的选择和妥协中慢慢逝去的。

他们做点事情，总是希望靠着自己在公司呆得足够久的老脸，期待每一个人都卖你一个面子。卖面子这件事的本质，就是信用透支啊，你不能无限透支啊！信用卡也有刷爆的时候。何况生活还是现实的，别老谈感情，很伤钱的。

到处不讨好的他们，挽回尊颜的方法，是"听阿姨/叔叔讲那过去的故事"，可是谁要听你们那些个过去的辉煌，风华正茂啊，年轻人从来是只争朝夕的！

只见一批"祥林嫂"，他们有男有女，逢人就说，A 没有能力，B 情商太低，C 是搅屎棍。逢人就展现弱小，无助，脆弱的他们，期待全世界的爱心人士都去抱抱他们。乍听的年轻小伙伴们总是不得要领，原始的还是会投去同情，毕竟是这个公司的老员工啊，表面该尊重还是尊重一下啊！

但是，年轻的小伙伴没有义务天天听你这个叨叨叨啊，年轻的小伙伴们还要赚钱呢！

年轻时候你也读过很多书，懂很多道理，知道认真的力量有多重要。长大后，你只会抱怨生活给予你的不好，从不反思自己对每一件事的态度。如果你甘愿做一个很普通的人，混一混，能吃饱饭就算了也好，哪知道你平时还挺逻辑自洽的，一看到自己各种同学飞黄腾达了，你就分外地内心失衡，想着这小子当年成绩比我差多了，我可是班级最优秀的。那些成绩差的混成了老板，成绩中等了变成了公务员，成绩最好的很多反而泯然众人矣。

因为成绩差的，本质上是不喜欢标准答案的孩子，他们更愿意在生活这个开放性的选项中找到创造性的答案。中等的孩子智商和情商相当，没有那么傲娇，毕竟小时候不是最得宠的，长大了反而造就了谦卑。成绩最好的，有时候不得志，是他们在小时候把众心捧月当成理所当然，认为所有的语境都是学校的语境，或者在他们的逻辑里，生活应该有一个标准答案，甚至唯一答案。他们是最容易从生活的理想主义者变成悲观主义者，甚至是抑郁主义者的。

李安说：我作为父亲和丈夫也是要努力的，努力换取家人的尊重，不是我生来就应该享受这种尊重。

生活当然不易，但是你的人生大部分时候不会是别人给你买单。如果，能没心没肺地活一辈子也很好，但是人总是会被欲望和比较绑架，心理的失衡也是发生在那些时刻。

责怪别人当然比承认自己无能，要容易太多了。

可是，没有人会持续听一个人抱怨别人多不行，因为每个人的生活都挺不容易的，我们当然更愿意去听积极正面有趣的东西。勇敢是个多么简单的词，你在幼儿园的时候就知道了。你的父母天天告诉你要勇敢。长大之后发现生活太容易将一个人打败了！

持续的学习力、勤奋、无畏、韧性，真的是成人世界不可多得的品质。愿我们都能在生活的淬炼中，习得这些美好的品质。

Chapter 04

章节四 **假装** 在假装

我们很难像配比化学方程式一样，精确地配比出爱情。

但是，爱情来过，会留下印记。

命 运 之 王

宫骁，长在上海。他觉得世界上他去过的城市和国家，还是上海最好。倒不是因为上海的国际化，是因为他爸爸在上海没有摆不平的事情。

宫骁，偏科得很厉害，数学尤其不太行，英语倒是很棒。所以，如果宫骁考大学的话，本一是有点悬的。但是，宫骁从小到大，稳就稳在，有个啥都能摆平的爸爸。

宫骁，上不了 C9 [1] 中的大学，爸爸就找关系要了一个点招的名额。送了点钱，就进了。他从不觉得自己那个 C9 是塞钱得来的，他在知道自己进了 C9 后就编好了一套瞎话。比如，别人问他的分数怎么进的，他就说是特招的，因为自己的英语特别好。大家也不会以一副投资尽调的心态去考证，哦？到底是哪个英语比赛，到底是怎么一种特招。总之，除

1 即九校联盟，是中国首个顶尖大学间的高校联盟，于 2009 年 10 月正式启动。包括北京大学、清华大学、哈尔滨工业大学、复旦大学、上海交通大学、南京大学、浙江大学、中国科学技术大学、西安交通大学共 9 所高校。

了在爸爸面前怂以外，宫骁在同学们面前永远是一副用词激进的模样。他在他爸爸面前怂是因为，他知道没有爸爸的努力，就没有自己的一切。他有时候也会害怕说，如果爸爸不在了，他是不是这一切美好生活都没了。但是，转念又觉得，想这些干啥，只要爸爸在，就还能帮自己摆平很多事情。

宫骁总觉得爸爸没有摆不平的事情。他也想成为爸爸一样的人，喜欢做老大的感觉，很威严，很厉害，下面的人都得听着。宫骁在人面前也学着爸爸那一套，没想到被同学孤立了。宫骁想不明白为什么，爸爸使这招就灵，自己怎么就不灵了。他觉得自己还得多加实践，说不定多试试，就能达到爸爸的效果了。所以，这么多年，宫骁出门，都是少爷派头，跟别人说话也是一副"我啊，是给你指点江山来了，你得知好歹"。

宫骁指点江山是副业，激扬文字也不是主业，主业就是装。无奈演技还没有练就到"凡尔赛"地步，欠一点火候，每每都要自己铺垫一堆剧情，然后再起承转合地把那个包袱丢出来。

比如，"我其实没怎么学过拍照，但是大家都觉得我拍得挺好的。我也没觉得多好，我就瞎搞搞的。可能也就是相机还不错"。

众人先是说，你别谦虚了，拍得真的蛮好的。一阵夸赞云云。

趁着大家一阵夸赞，他祭出一部价值 5 万的相机，供大家继续延伸话题。

大家就会依旧围着他继续把弄这个贵族相机，然后问一些问题，他很享受这个被大家围绕着的感觉。所以，他总是这样编排自己在人群中的戏码，屡试不爽。

转眼大学要毕业了，宫骁在这所大学混了四年，用他的话说，从进校门那一刻，就没有学习过，游戏和女团就是他最大的爱好。游戏几乎没有他没有玩过的品种，从网游、手游、PS4、XBOX，Wii，新出的 AI 游戏，他全机种制霸。女团也是，具有独到的眼光，大家最热捧的他反而没有那么感冒，他有自己的一套逻辑。日本的和韩国的女团都追，反正也不缺钱，应援物品随便买。他还有个技能叫控评，就是号召网上一票人为偶像去打 call，以及号召一票人去黑不喜欢他爱豆的人。在互联网的疆界里他可比真实世界里面的自己长袖善舞多了。互联网真是个奇妙的东西，能迅速地毁灭掉一个从未相见过的人，只要你让我不爽，我就让你"社会性死亡"。

这些爱好给他带来了极强的掌控感。他渴望掌控，如爸爸一样。

宫骁不想考研，想去爸爸一个朋友的公司任职，之所以想去爸爸朋友的公司任职，是因为那是一家游戏公司。他觉得这样就把爱好和职业很好地连结在一起了。爸爸说，你那点学历够什么啊，你给我考研。他不情不愿地混了一年，每天拎着书包出门，佯装学习，结果当然是考不上。

爸爸一看这样不行，就帮着找国外大学。可是他的绩点是个大问题。爸爸本来觉得凭着C9能申请一所好院校，没想到还是够呛。爸爸也还是没有厉害到一掷千金地去捐点什么，给他送到斯坦福之类的藤校。

宫骁最后去了一所美国的州立大学，不好不坏。以前在国内，班上的同学，普通家庭的学生占大多数，而留学生群里随便扔着石头砸一个，都是非官即富，有钱人多如牛毛。他的那套"初级凡尔赛文学"套路失去了作用，这是他第一次觉得，嗯，失去了掌控感。

他一入学就是一副积极的态度。要认识很多人，要认识很多妹子，要让大家都知道我。因此，在华人同学群里面极其活跃。他先是租了一辆哈雷，轰隆轰隆在学校里面开，声音助长了某种嚣张，他觉得自己要开启新生活的序曲了，是时候展现自己真正的社交技能了。

后来又去搞了一辆跑车，又浮夸地在学校遛了遛。

他迅速吸引了众多华人和白人的目光。

华人找他是想"霍霍"他的钱，白人找他是想带他见见不一样的世界。

他太享受这里的生活了，去他的学习，去他的规则，这是不是就是爸爸的快乐，老大的感觉。他喜欢掌控感，他似平又找到了那种掌控感。

人类都是一样的，对未知恐惧，对掌控感上瘾。

他过生日开了个包厢，有几个朋友来晚了，他直接删除人家好友，让人家滚回去。他觉得作为他的朋友，喊你过生日是看得起你，你居然还迟到，不识抬举。

因为玩"王者荣耀"，队友送了几颗人头，他便把那人拉黑了，这么蠢做什么朋友。因为邀请朋友喝酒，朋友不能喝，没有把他喝痛快了，也迅速删除了好友。他不容许有这样没有掌控感的事情发生。不允许，一点点都不可以。

他觉得他具有巨大的选择权，他爽极了。

突然一天，警察来到他家搜查。发现他家里有一把 AK-47 的手枪，并有子弹若干。警察问，为什么你有这个东西。他说：为了保护自己。他自觉拉黑了太多同学，有人扬言找机会要干掉他。他觉得拥有一把枪，便拥有了掌控。"如果，他们看我不爽，要搞我的时候，我就能把他们给杀了。"他不允许世界上有忤逆自己的人存在，他要掌控，要确定，要尊重，要主角感。

警察说，你这样可能会面临 10 年的监禁，因为你涉嫌扫射学校。

他活着的 23 年，突然知道什么叫"怕"了。因为，爸爸不在他身边。

而这一次，爸爸似乎也无法帮助到他，他将在里面至少度过一阵没有掌控感的日子。

He was still too young to know that life never gives anything for nothing and that a price is always exacted for what fate bestows.

他那时候还太年轻，不知道所有命运赠送的礼物，早已在暗中标好了价格。

一 丝 不 挂

秦小姐今年 31 了，不大不小。做着一份不咸不淡的工作，办公室文员。家里人不是没给她托关系找过好工作，她都以受不了那束缚，一次又一次辞职。

秦小姐是家里学历最低的人，普通本二。秦小姐经常自嘲：我是我家学术界的马里亚纳海沟。

秦小姐单身了 31 年，我们总是觉得秦小姐的单身，是因为她好像是一个长着长头发的女装大佬。

秦小姐永远自我感觉良好，这种良好不是来自自己的某些条件，而是爷爷奶奶是大学教授，爸爸妈妈是 985 毕业。她习惯在朋友圈里，帮爸爸妈妈爷爷奶奶回忆他们的过往，爷爷是××大学的建校功臣，当年光辉岁月如何如何艰苦，又如何如何美好，是纯粹地为了社会主义事业奋斗的初心，那么闪闪发光。然后，爷爷最后倒在讲台上，是如何如何壮烈。

秦小姐的怀念，不只发了一次。秦小姐这么发，表面是怀念了爷爷，更深层的原因，是希望家境相当的社会男青年能一起共筑爱巢。秦小姐更喜欢的是陌生人的聚会，她无数次云淡风轻地阐述自己的家族，惹得一群慕强的男同胞，纷纷想借助秦小姐的家庭实现阶级跨越。这些猫猫狗狗的男子哪里配得上我们秦小姐。

偶尔秦小姐也说说爸爸妈妈。爸爸妈妈都是国企高层，以前的985，去的都是好企业，挨得住寂寞，努力努力，很多都不差的。现在的985，成绩好是成绩好，国家不包分配了，红利也结束了，常常在一线城市买套房都难。有时候也不知道是学历这玩意儿通货膨胀了，还是房价这玩意儿涨太快了。

小伙伴们总觉得像秦小姐，这种高级知识分子、社会精英人士的孩子，找个对象一点儿都不会难的。哪知道眼看着单身了31年，连接吻都没几回。属于还在纠结接吻到底要不要睁眼睛的阶段。

邻居们也觉得秦小姐生得是挺乖巧的，家境也不错，怎么就找不到对象呢！就时常给张罗，虽然秦小姐自己不咋地，但是家境真的能碾压太多人了。

邻居们给找的爷爷所在学校的博士，秦小姐觉得，这脑子怎么回事，爷爷也是博士，脑型儿不这样啊！博士太硬核了，虽然头发都还在，但是解不了秦小姐的风情。

邻居们又推荐了个很阳光的硕士，阳光硕士挺好的，玩着挺开心，打球也帅气，笑起来真好看，像春天的风一样。

秦小姐觉得他的问题在没有爸爸那么稳重，没有山一样的依靠感。常常玩起来有一种睡在自己上铺兄弟的观感。万万使不得，前半辈子是睡在上铺的兄弟，下半辈子是左手握右手。嗯，但这前前后后跟爱情都没搭上什么边儿啊！

秦小姐的闺蜜说：你邻居可拉倒吧，根本不了解你是个什么样的人。我啊，给你整一个，保证你可以！

闺蜜给整了个台湾人，温润、温柔、稳重、笃定，台大硕士。闺蜜介绍给秦小姐的时候，内心唯一的顾虑是，秦小姐的颜值会不会成了绊脚石，但是转念一想，秦小姐虽本二毕业，但是家庭的熏陶还不错，天文地理都能聊一点。毕竟"智性"也是未来一大趋势，聪明是一种新的性感。可以靠彼此聪明的大脑相识，过招聊天，而彼此吸引。

秦小姐，一看这台湾小哥哥，乍一看和再乍一看都没什么大的问题。她居然鬼使神差地进入了另一种状态，为了抬杠而抬杠，为了挑刺儿而挑刺儿，仿佛这相亲不是相亲，是来压力测试了。上帝为秦小姐打开了一扇爱的大门，秦小姐反手就把大门焊死。

——我们家就爷爷奶奶是大学教授，小时候对我们很多熏陶。你呢？你家爷爷奶奶啥样啊！

——哦，我爷爷奶奶是从大陆这里过去的啊。所以，小时候也讲很多这里的事情。所以，小时候对这里很憧憬就很想过来啊！不是什么大富大贵之家，爷爷是警察，奶奶是护士啦。

——我之前去过台湾，很小的时候。你家住台湾哪里啊？

——之前小时候住市区。后来读大学就搬去新北了。

——新北，那不就是郊区咯！那你父母是干什么的？

——自己开公司，可是爸爸妈妈在我们很小的时候离婚了哎！虽然，我觉得他们是相爱的，只是价值观差太远了。做朋友倒是很开心，做夫妻，好像爸爸性格就略温顺些，妈妈会强势些，常常妈妈觉得发火一拳打在棉花上。所以，最后就没有在一起。

秦小姐，感觉终于找到了个大问题，父母离异，啧啧啧。她莫名一种成就感。人性真是个奇怪的东西。

秦小姐问，那你怎么理解家庭婚姻爱情的关系啊！

男生说，我觉得女性独立还是蛮重要的，要能一起面对未来未知的生活这样的，是战友也是爱人，旗鼓相当。

秦小姐，差点要炸毛了。爸爸可是疼爱妈妈像疼女儿一样的，凭什么这个男生要希望我们像战友！

秦小姐又问，那你对钱怎么看的。

男生说，虽然我觉得如果钱给另一半管也会管得很好，但是，如果大家自己管自己的钱，然后我们有个共同的家庭基金这样的情况会比较好。能去做一些比较重要的大事，比如：买房买车。

秦小姐又生气了，家里的钱都是爸爸完全交给妈妈的。

为什么要各自管各自的，还要家庭基金，车和房子难道不是结婚前就买好的吗？

台湾男孩家里其实也有房有车。

秦小姐觉得自己这次相亲太棒了，哎呀，终于在这个看似没什么大问题的男孩身上找到了一堆问题，果然不是一个适合共度余生的对象。

闺蜜问秦小姐，台湾男孩怎么样？

秦小姐顺带着台湾腔就出来了，"就太扯了，这种人根本无法跟我家相提并论"。

闺蜜问秦小姐聊了点啥，秦小姐简单复述云云。

秦小姐仿佛并不想跟任何一个男人相遇相知。秦小姐只想和自己家庭结婚。看似31岁的秦小姐，并不具有一个独立的人格，是高级的寄居蟹，寄居在一个以自己家庭背景为重点的壳里。

如果，把那些家庭给予的骄傲的资本——爷爷奶奶的背景、爸爸妈妈的成就，一切的一切去掉，秦小姐作为一个社会人，"你之所以为你"的东西是什么？拿前辈的成就堂而皇之地当成自己的成就，自然是看不上这个社会上的任何一个人，因为你用祖辈的荣光当成自己荣光，你用三代人的成就去评判任何一个男青年都是无理的。

秦小姐，怕是这辈子都意识不到，她的人生穿的这袭华美的袍子，是一件皇帝的新衣，一丝不挂。

一 种 脆 弱

人是脆弱的，男人女人都脆弱。但社会分工中男人被赋予更多责任，所以，男人不该脆弱。

武小姐身边从不缺男人，因此，她拥有了某种选择权。不管是男闺蜜，还是男同事，或者男上司、男下属，总之，武小姐身边不缺男人的照料。但是，她不玩暧昧游戏，喜欢就是喜欢，不喜欢就是不喜欢。

武小姐，总是有男人发信息给她，有的是撩拨，有的只是想脆弱的时候，找个人说说自己的情绪。现代人聊天，都太实在了，说事情就是说事情。其实，真的两个彼此信任的人聊天，说的是情绪。我觉得你懂我的脆弱、我的无助、我的特立独行、我的不可理喻，我说给你听，你安静地陪伴，这是动情之处。

孙先生是一个正统教育下优秀的男子，上海本地人，C9

院校毕业，EMBA，一家创业公司的创始人。房子三四套，车子两三辆。老婆同样优秀，麦肯锡工作。孩子就读于私立学校。不能说多好，至少好于中国大多数人家。

孙先生40了，这两年公司发展疲软，孙先生也萎得厉害，孙先生跟老婆也到了相看两厌的地步。40岁的男人也会有一种危机。小学许的愿望都是科学家、航天员，拯救世界。眼看着40了，世界没有拯救得起来，自己倒是蔫巴得期待哪位仙女来拯救一下，回春。

王小波说，20岁的时候，我觉得自己棒极了，谁也打不倒我。后来，青春逝去，渐渐发现自己是一头被岁月锤死的牛，动弹不得。中年的男子们难过的那一关，叫跟自己和解，承认自己是一个普通人，承认自己的父母是一个普通人，承认自己的孩子是一个普通人。说是这么说，在我们的教育里，没人会愿意承认自己是一个普通人。这太难了，可是失落的情绪总要安放。

孙先生也负担不起出轨的成本，毕竟成本太高了，太太不是省油的灯，他也不是省灯的油。面对逝去的青春，躁动的心总想着重启一下。孙先生在一个都是高知组成的群里，发现有一位姑娘金句频出，总是能有不同的视角，虽然没见过，不知道美貌与否，总之觉得灵魂称得上可爱。

前辈在群里加年轻女子，年轻女子总是出于尊重要通过一下。通常谁主动，谁就有更强烈的目的性。孙先生看了一眼武小姐的朋友圈，觉得武小姐独立有思想，看起来是有脑子不粘人的那种姑娘。这种最好了，可以聊聊天，也不会求着买包买奢侈品。都是体面的人，也不会真的闹起来让夫人知道鸡飞蛋打。

一切看似的偶然性都存在着必然性。

大家都这么忙，谁还有那闲工夫每天陪你聊天啊！

孙先生虽然世俗看起来还算是小富，社会评价体系绝对是可以的。但并不是个有趣的人，结婚前30年，是一个妈妈啥都管的妈宝男。结婚后，老婆打理了一切。跟武小姐聊天往往不知道从哪一行开始聊，总是莫名其妙地发一些自拍。

大半夜的动辄有男人发自拍，关键是那些角度也很奇特，并且不帅，无品味。发照片到底是用来辟邪的还是干别的，功能不详。武小姐毕竟受过高等教育，修养为之，通常也礼貌性回复，早点休息了时间不早了云云。

男子看有回复，越发嘚瑟了起来，话题明显就有暗示性起来。"老婆出差了，娃送去爸妈家了，总算是轻松了一些。"

男子又发来了自己鸡毛蒜皮的困扰，比如媳妇不着家，性格暴躁，再也不会爱了之类的。男子也从来不点赞不回复武小姐的朋友圈。但是，但凡武小姐发朋友圈，他必前来私聊，说些不痛不痒，又看起来言下之意丰富的话。要不就是一张自拍，企图开启今天的对话。那么普通却那么自信，另外还有一丝鸡贼，企图用社会地位去占领小姑娘的心智，真是油腻有余，魅力不足。但是，其他的获得都太难了，用信息落差去获得年轻女子的仰望，大概是所有的英雄主义里面最容易的了吧！

我们当然理解一个中年人，面对生活的毒打，醒来就要面对一系列的问题。他们需要生活的喘息，他们需要理解，需要被治愈。他们被赋予更坚强的角色，他们不可以脆弱。武小姐理解，但是并不认同。

人生漫长且无意义，当我们发现自己深陷在名为生活的沼泽中时，我们应该如何排遣那一触即发的脆弱呢？我们总是要找寻安放之处，那么陌生女子真的是那个可以被寄托的温柔乡吗？男人们很难从一种梦中醒来，就是自小认知的英雄主义，幻想着拯救世界，却发现无力感随着年岁的增长却越发沉重，拯救不了任何人。认知到自己的无力，却无法和自己和解，是一种脆弱。

受欢迎先生和不自信小姐

受欢迎先生，也不是最开始就这么受欢迎的，在受欢迎先生还小的时候，曾经有一段很不受欢迎的时间。

小孩子很无聊的，总是喜欢玩一些"我不跟你玩"的游戏。他们不跟你玩，可能因为你长得鹤立鸡群，或者你有一些奇特的独特性，比如：个子比较矮，说话声音细细的。人类总是这样，喜欢去找一个靶子，去打发无聊的时间以及说明自己的价值。"你看，小朋友们都很听我的号召，我们一起捉弄了谁。"

每个人都有童年阴影，有些人选择去抗争，有些选择去妥协。实际上，选择正向抗争的人，后来相对过得比较幸福，而选择妥协的人，大部分会觉得自己很差，不够自信，而陷入一种永远都在自我否定的怪圈。

受欢迎先生就是那个抗争的人，他以前觉得自己很特别，在人群中不太讨喜，然后他就琢磨，大家为什么都不喜欢我，我哪里不对了？受欢迎先生开始琢磨，在琢磨的过程中，他学会共情与利他，虽然他觉得那是油腻。

受欢迎先生之所以受欢迎，首先是身高占了很大的优势，你要说脸多帅气倒是不至于，但是一笑起来是会让女生觉得安全的人。受欢迎先生也有一些自己的小爱好，相貌如果是受欢迎的起始条件，那么有趣的灵魂就是受欢迎先生的加持。女生很容易陷入这种情趣的温柔。比如：为女生写一首小诗，为她画一幅小画，或者做了一些很费时间的东西。文艺青年很吃这一套，她们会把自己编织到一个偶像剧的白日梦里，这大约是受欢迎先生的绝杀，大部分女生都做过玛丽苏的梦。

不自信小姐，大部分的不自信来自跟自己的较量，讨好型人格、低自尊，渴望做一个所有人都喜欢的人。女人的第二性地位，不知道是谁教唆的，好像她们生来就是明码标价的一种物品，待价而沽，等着哪位男士领回家。这个男士得出一个父母满意的价格。哪怕她们面容都特别姣好，身材特别棒。在她们的自我认知里，总是在否定自己。她们需要鼓励，需要有一个人去给她们能量，那种能量叫：你很棒，你值得被爱。

这是一个漫长的自我救赎，可能需要一辈子去完成。

我的学妹分手了，她跟我确认，这是不是自己的问题，不是因为自己不好吧！我学妹海归硕士，盘靓条顺，大型券商上班。到头来那些现实的零零碎碎依然没有给到她在两性关系里面正确的自我认知。

她跟我说了一堆理由，感受，解释，以及对那个受欢迎先生的感知。她问自己被分手是因为不够优秀吗？换做几年前，我断然不会去说那么重的话，我觉得她承受不了。但是，这一次，我刀刀见血，拳拳到肉。我不想看到不自信小姐还徘徊在某种自我否定的圈里，我希望她读了那么多年书，不至于要迷失在一个男人莫须有的温柔乡里，那些爱与被爱的往事，只是在某个合适的时刻和地点莺飞草长，荷尔蒙、内啡肽泛滥。

她说，觉得好无力，很喜欢，很适合，无力挽回。好喜欢是真；很适合，这是个双向选择的问题。你觉得适合，但对方下起手来，眼都不眨一下。人生的本质就是如此，有很多求而不得的时刻，求而得是运气，求而不得是正常。我们总喜欢把爱情类比考试，好像我这么用力地去爱，你不给我一百分，为什么？爱情的美好与忧伤，就是因为不确定性。

受欢迎先生和不自信小姐的最大契合在于，他们都在完成一次救赎，受欢迎先生觉得要用自己抗争的过往去赋能给不自信小姐，给她能量和自信。不自信小姐渴望这样的肯定与爱。

一两次失恋给一个聪明女孩带来的益处，远远大于失去一个男人。

　　我们总要学会和过去的自己告别，以及有信心遇见更好
的自己。

妈妈，我再也不想吃爱情的苦了

小蓓恋爱了，确切地说，单恋了。

这么多年，小蓓跟我分享过的男嘉宾都很相似——破碎的文艺男孩们。遗世独立，远观不可亵玩的样子，身上赫然写着：别碰，易碎。

每到此时，小蓓就开始放下自己层层包裹的社会人的壳，开始脆弱，敏感，试图从一堆与他们相处的细节中，找出一个线头来证明，是的，他也喜欢我。我可以勇敢去表白吧。

问题就在于，小蓓是一个比一般文艺青年还文艺一百倍的更加易碎的文艺青年。文艺青年的特质是什么，伤春悲秋，作诗撩汉。

当小蓓跟我分享这些事情的时候，我永远都是鼓励的。基于我一个做朋友的了解，小蓓着实在爱这件事上，比任何一个人都需要鼓励，去克服那个一到爱里，就自卑怯弱的人格。

人，这种动物，说来也怪，喜欢的总是不喜欢自己的那种，一旦发现对方也喜欢自己，倒反而退缩了。这到底是一种什么游戏？

小蓓总是在找一种纯粹的恋爱，她要找一个有趣且无用的灵魂。因为，物质的东西，小蓓不缺，小蓓在我印象中，一直比我有钱。

小蓓厉害就厉害在，她能迅速地在人群中找到一个"有趣且无用"的灵魂。但是，她总是跟这些灵魂就像两条相交的直线，在某个点交汇后，就各自奔赴自己的未来了。这让小蓓对爱这件事，觉得投入产出比太低了，从小鹿乱撞到老鹿蹒跚，唉，心脏都累了，还是没有等到双向奔赴的"有趣且无用"的灵魂。

悲伤的故事！

但是，你看小蓓的生活状态，似乎没有男人也照样精彩，男人这玩意儿如果出现在小蓓的生命里，更像是一个锦上添花的东西。有，也很好。没有，也很精彩。

小蓓这次单恋的是一个专门演话剧的演员，名字我是没有记住，拗口得很，每次看到男生的名字，我总是自动屏蔽了那几个字的组合，觉得组合在一起就很不和谐。但是，看照片，我一眼就记住了，这个造型儿，小蓓的天菜。但是，照着往常我掐指一算，多半也是成不了的。大概逻辑就是，一个破碎的文艺女青年如何拯救一个破碎的文艺男青年？也别指望什么负负得正，你看朴树大爷的下场就知道，破碎的人，得找个不破碎的，对破碎的一方有足够的耐心，即使不懂艺术家的神经质，也得足够包容。

好久没有跟小蓓聊天，前几日，我顺嘴问了句：破碎男孩怎么样了？

小蓓说：就破碎了啊，稀碎！

很好，我在半仙的道路上，又获得了一个成就。

小蓓说：我再也不想吃爱情的苦了。爱情，太难了。

现代人，在各种社交软件上蹦迪，土味情话王者，场外指导博士后级别，怎么自己一整，就整得稀碎。

究其原因，爱情这件事，投入产出比太低。

人生是苦的吗？人生就是苦的，你吃不了爱情的苦，你还是得吃别的苦。别的苦，你的预判会更明了，而爱情的苦，是两个人的事，甚至，你吃了苦，换来的也不会是甜。这种不确定性，让那些渴望爱情的人望而却步。甚至，有时候觉得两个人的孤独比一个人的孤独更悲惨。既然投入产出比这么低，那么为什么不下注在更确定的事情上面，人生只有一次，大家都希望每一次的投入，都精准地有回报。

另外，看的脑残偶像剧太多了，就陷入了某种臆想。角色代入感极强，要么就是，我虽然啥也不是，但是你看电视剧里，二货姑娘总能等来霸道总裁。姑娘们醒醒吧，电视剧就是用来造梦的，就是因为现实没有，才要创造给你看啊！

现实生活，没有那么多碰巧和幸运，你要是按照电视剧过日子，你除了能收获你对象"送你离开，千里之外"，还能获得"脑子不好"之类的称号。

对，大家还喜欢看各种攻略。大部分时候，攻略的杀伤力，仅次于偶像剧。这种范式的爱情，除了套路，并不能看到真心的存在，套路是会在短时间里面有一定的促进作用，但是大部分攻略并不是真实的你，你也不能靠着攻略过一辈子，总有需要你当下给及时反馈的部分，你一直带着别人攻略的面具，那么，这段感情里面，真实的你自己在哪里？

更有一些人去上 PUA 培训班，你搜一下百度，就发现各种各样的情感咨询导师，搜索出来最多的是：对方跟我分手了，我如何挽回。导师们先跟你展示一定的优秀案例，在那些导师的套路中，没有挽回不了的感情，这玩意儿就是扯。等你交完钱，这些导师就出各种馊主意，什么男朋友删除了你，你就每天跑去给他们做饭，感动他们。情感导师不知道现代人大部分 996，并且都吃外卖吗？真有人按照导师说的这么去做了，发现不行。导师说，你这个诚意不够，现在要进行整个人的状态改造。说白了就是让你再交一笔钱，一些什么置装费，租车费，把你打造成，刚继承了遗产的伪富二代，再去求复合。

我看了这些贴子，真想竖个中指。且不管手机屏幕对面的导师长什么样，可能导师们自己都没追成功过姑娘，就在这割你们的韭菜。

虽然有那么多社交媒体可以交友、约会，但是，你会发现这些信任成本越来越高了。我一姐们谈个恋爱，赶上 FBI [1]。先注册个微博小号、ins 小号、微信小号、Soul [2]、Snapchat [3]，总之你能想到的都注册一遍，然后地毯式地调查一遍。获得一个男人的大体画像。虽然，我姐们很辛苦，但是，我还是得煞风景地说一句，谁会在社交软件中展示真实的自我？总不至于在社交媒体中告诉你，我好吃懒做，酷爱做海王，虽然展示的女朋友有三个，实际上谈了三十几个。社交媒体中展示的，总是当事人想让你看到的他。如果，社交媒体中能展示真实的自我，就不会有那么多明星人设塌了。

还有一部分人，说来也怪，微信里面话一堆一堆的，一见面，就大型尴尬现场，尴尬到能抠出各种世界地标性建筑。屏幕背后，大家都扮演着不同的角色。就像以前我同事说的，微信聊天是个甜姐，见面说起事情来，可是太严厉了。你的"亲爱的"能在屏幕背后跟你扮演一个青年才俊，见面你发现是个抠脚大汉，实属常规操作。大部分滤镜是你们彼此加的，故事线的走向，也许也无意识地随了你看过的什么偶像剧、

1　美国联邦调查局的缩写。
2　一种社交软件。
3　一种"阅后即焚"的照片分享软件。

小说的套路。等到一见面，你真实地感受到对方的言语、神态、遣词造句，无数个下意识的反馈，你发现之前私加的滤镜稀碎。

当你们走入爱情之后，会有一个无形的套子。为了关系的和谐，你一定会做出某种改变。《再见，爱人》里面，都是些结婚超过 10 年的人，他们当初也爱得挺好的。但是，我们不能忽略一个问题就是，时间是一个神奇的东西，它会放大爱，也会放大不爱。就像郭柯宇和章贺那一对，看着没什么大毛病，都是文艺工作者，两人也很温文尔雅。乍一看，都是不错的结婚对象。时间久了之后，放大了这种不爱，为了结婚而仓促结婚的问题就显露出来。

即使爱情有那么多不好——现代人越来越不喜欢这种不确定性，本来这个世界就越来越不确定了，魔幻现实的事情每天都在发生——但是，我依然要鼓励大家去吃一吃爱情的苦，就像我鼓励小蓓一样。

爱情跟其他所有的事情一样，它有它的价值。它的价值和快乐也是在其他事情中体会不到的。它能给你带来很多情绪的价值。你一旦用心恋爱了，你一定在爱情中直面了不完美的自己，你也能从别人的反馈中，知道自己是一个什么样的人，你也一定会认真地共情。如果你更聪明一点，一定能从对方的身上学到不少好的东西。好的爱情，不一定是好的结果的爱情。但是，好的爱情，一定能在某些地方让你获得成长。

虽然，小蓓说再也不想吃爱情的苦了，但是，我知道，下一次爱情降临之时，她还是会奔赴的。

被编辑的女孩

小北不喜欢跟恋爱脑的女孩儿玩，当一个女孩恋爱时，上帝就对她的智商按了暂停键，虽然这个构造非常没有道理。但是，上帝确实是这么做的。然后，她们就开始拼命地在这个男人身上找一个叫安全感的东西。安全感这个玩意儿在男人身上找，往往就是不辨菽麦的行为。女孩儿们兴致盎然，开始注意着装，打扮，浪漫，美好，以及开始准备好做一个被编辑的角色，她们往往不曾察觉，并且觉得这就是爱情。

有时候她们开始停止更新社交媒体，是因为她们花费了大量的时间在思考这个男生的行为上，即便以前她们每周都要发好多张自拍。她们现在的所有的行为都在确认这个男生是不是真心的，如果不是真心的要怎么把他稳住。

然后，她们也减少了其他的正常社交，只跟自己的男朋友圈在一起。她们觉得这就是在意这件事。她们的生活的一切意见、喜怒都从男人身上获得。

男人会说：你穿这个裙子，太暴露了。她们会果断地让那条裙子束之高阁。她们会跟朋友们炫耀说，你看这个男人紧张我。

男人会说：头发只允许黑长直哦，不要给我剪短搞事情。哪怕她们之前是颜色一天一个样的高街女孩，现在，也会纯良到自己爹妈都不认识她了。

男人会说：你给我少跟男人说话，男人没一个好东西。女人就开始显示一种"生人勿近"特质，这个男人只要跟我说话，我就得昭告天下，我有对象了，即使是男同事必要的每天沟通。

男人会说：你考什么硕士，你考硕士了，我一个本科，脸往哪里搁。她们就放弃了自己的追求。

男人会说：我不在的时候，你给我不要喝酒。谁知道喝酒后，你跟别的男的会发生什么。在朋友聚会的时候，女孩乖乖放下手中的酒杯。即使，以前她明明喝酒的时候是最开心的，最释放压力的。

女生用自己的钱，想买个心仪已久的东西。男生会说：买这些有的没的干什么。你很虚荣你知道吗？女生就开始放弃那些，因为男朋友说，这些东西不实用，浪费钱。并且催眠自己，我不是真的需要它们。

男人还会说：你不能变胖变丑，这样我带你出去很没面子。我A哥们的女朋友如何如何，我B哥们的女朋友如何如何，咱也不能输啊。

朋友劝女生，他这样很不尊重你啊。

女生会觉得，朋友不过是嫉妒。回家立马把这些话告诉自己男朋友。男朋友就说，别跟这样的朋友来往，他们就是见不得你好。女生们信了，"霍霍"了那段可能维系很多年的友谊。

女孩某天醒悟，发现自己四下无人。朋友好久没有维系了，大家都有自己的生活。工作也没怎么用心，聚会都不参加，参加都没有参与感，升职加薪无望了。

男人们发现你被编辑的差不多了，觉得索然无味，继续发现新的可以挑剔的点，或者换一个女生继续挑剔编辑。而女生发现自己已经被豢养得离开这个男人便不会独立思考了。

离开后，女人大骂自己为什么那么傻。开始努力变美变好看，再去寻找下一轮的被编辑。

而男生从恋爱的开始到现在，该打游戏打游戏，该出去撩女生撩女生，该跟狐朋狗友们厮混厮混，鲜有为了女生完全放弃的东西。

女孩们沉浸于被编辑，且甘之如饴。

听说爱情她来过

不是所有的恋爱都是宏大的叙事，需要感天动地得让每一个人都知道，在社交媒体直播，逢人便讲述，加上滤镜，希望得到每一个人的祝福。

那些猛烈而直接的爱，刺激，新鲜，但不隽永，甚至消失很快。大家都爱追求这种，因为，总在人生的某一个阶段，需要强烈地追求"我被世界爱过"。

璇子的恋爱好像跟其他年轻人不一样，从来的那一刻就是静音模式，她不敢说，但她愿意享受邻居大哥哥的关爱，她需要这种关爱，因为父母从小就忙于赚钱，对她不太过问，父母只会给她钱。璇子需要陪伴，而大哥哥给了陪伴。

大哥哥会在生日的时候，给她买礼物。是一顶画家帽，明黄色的，帽子的尖尖上是两片小小的叶子，整体看起来少女又别致。她很少见到大街上有人愿意戴明黄色的帽子，更多的是黑灰色调。她戴上帽子去咖啡厅，门上的铃铛响起来，她吓了一跳，店里的客人也都把目光聚集在她身上，这位颜色明快的少女。

她去前台点咖啡，咖啡小姐姐递过咖啡说："你的帽子真好看！在哪里买的？"

璇子疑惑，真的有这么好看吗？又不失礼貌地回答："别人送的。"

"我也想买一个这样的帽子，看起来好可爱啊！"

整个冬天，璇子都戴着这顶帽子，经常会有人跟她的互动，话题都来自于这顶帽子。于是，璇子也变得自信起来，眼睛里常常有小小的骄傲。

邻居大哥哥，经常会带着她出去玩，送回家的时候，大哥哥总是会摸着她的头。那种温暖的爱抚，陪着她度过了寂寥的童年。

有时候，大哥哥顺带着给她买好吃的，璇子会吃得特别开心，她就会双手摸着头顶的百会穴，比个爱心，这是她从韩国电视剧里面学到的。

璇子深深地依恋着邻居大哥哥，她觉得她长大就是一定会跟他结婚的，这是她的梦想。她喜欢看时尚杂志，尤其喜欢看婚庆版块，那些炫目的婚纱、男士的西装，材质、款式，璇子特别喜欢看。

大家的青春期来得悄无声息，好像过了一个悠长的假期，它们就来了。

璇子看到大哥哥带着一个女孩在自家小区附近晃悠，离得有一点点远，好像又都很羞涩。后来没过多久，他们越走越近，他们牵起了手，大哥哥也摸着那个女孩的头发，他们一起上学放学，璇子好像很久没有见过邻居大哥哥了。璇子很生气，为什么大哥哥要摸别的女孩子的头，他最喜欢的不是我吗？

　　一天璇子去倒垃圾，大哥哥看到好久没见的璇子，又摸了摸璇子的头，璇子下意识地把他的手弹开。她讨厌那只摸过别的女孩头，又来摸她的头的手，爱情不是独一无二的吗？为什么还要去摸别的女孩的头？

　　璇子，无法平复自己那种交杂的情感，她甚至说不清这是一种什么情感。是嫉妒吗？生气吗？或者愤怒？她不知道。她只是觉得她就是不快乐，生气，没有办法马上好的那种。

　　她拿着剪子，就把自己留了很久的头发剪了。齐刘海的萌妹子，眼睛里充满的是泪水，或者还有愤怒。她再也不戴那顶帽子了。

　　大哥哥见到她，惊讶于她把头发剪了那么多，发尾处还有些层次不齐。于是，就再也没有摸过她的百会穴抑或是后脑勺。

　　可是，她希望有，她希望引起他的注意，她没有办法跟他说，她希望他明了。她希望他回来。所以，爱情真叫人上头，是上的这个头。男人女人总是通过摆弄头发，来梳理那些杂糅的情感，剪不断理还乱的从来不是头发，是装在头脑里的回忆。摸头杀的治愈，百会穴的暧昧，装在海马体的美好。

一旦这些崩坏了，人总是无法快速地安放感情，这不像收纳整理衣服那么容易，于是学会了用料理头发去表明自己的态度。

萌妹子开始学会了染头发，她看着 B 站上的博主的染发视频开始自己弄，从最初的日系亚麻色，到后来的漂白染上的明亮色，他见到每一次她的发色都不一样，他以为她是一个叛逆少女了。他读不懂，他参不透，他以为人生来来往往，可能到了说"再见"的时候。

璇子没有救回静音模式的爱情，但是，她迷恋上了染头发。每次换一个颜色，她都兴奋不已，也会引来别人主动跟她对话，她觉得她的世界不空了。

如今的璇子，头发如枯草，也会有人问她，准备什么时候染回来呢？

璇子怅然若失。那些不主动说爱的孩子，也不会主动说恨。就让她们慢慢地跟自己和解，跟她们心里的他说再见吧！

我们很难像配比化学方程式一样，精确地配比出爱情。但是，爱情来过，会留下印记。

Chapter 05

章节五

假装 总青春

人一生漫漫长路，有所热爱，就会有不灭的意志和无尽的渴望。

足球是春药

我没有那么热爱运动，这么些年也没看过几场足球，每一次看的比赛，大概都具有划时代的意义，有一种亲历历史的兴奋感。

小时候上体育课，一到下雨天，老师就带着我们看足球，还配合讲解，那时候啥也不懂，只记得老师说过一句话：地球围着足球跑。我完全记不得这句话到底是出自哪个名人之口，但是，在我的脑子里，这么多年记忆犹新。

后来，学校说要组建女子足球队，我可能因为发育早，个子在我们班比较高，就被拎着参加足球队训练了。我拒绝了好几次，表达我等文青并不愿意在赛场厮杀，老师直接给我扣上了没有集体荣誉感的帽子，于是，我就变成了一名足球队员，日常训练，踢球，运球，控球。

临近比赛，老师开始每天实战，我第一次上场，就控球没控好，往自家门里拐了一颗。当时的情况是这样的，球到我面前了，我一心想着不能落在防守我的妹子脚上，怎么的都得弄走啊，哪知道就进自家门了。我依稀还记得当时教练是怎么挤兑我的，可是我并不生气，就觉得平平无奇的小学生活多了很多乐趣。那时候男女足球队在一起训练，以前是不懂事，但是，现在想起来好像一个足球队，有人被保送到省队，有人因为足球被送到更好的学校去了。还有，依稀记得足球队的男生好像都挺帅的。但是，那时候我还是个傻得冒泡，没有什么男女意识的少年先锋队队员，受到的教育也是为学校足球事业奉献自己。

我现在那些三脚猫的足球知识，也是小学踢足球的时候体育老师给我讲解的。

更印象深刻的是，我们踢进了决赛。那天，是戏剧性的一天，就跟电视剧里面一样。夏日，梅雨季节，突然天降暴雨。不知道为什么老师根本没有停赛的意思，我们就在暴雨里面进了球。我只记得雨大到眼睛都睁不开，就想赶紧胜利赶紧躲雨赶紧回家吃饭。我们那时候为了训练都是齐耳短发，就看到雨水淋湿了头发，运球的时候，还能看到头发沾染了雨水后，甩出的弧度，是热血的青春没错了。

第一次具有反叛意义上的看足球赛，是 2002 年中国队进世界杯的时候。那天是班主任的课，我至今记得他的诨名，因为他太喜欢给我们输送价值观，在宇宙中心呼唤爱了。因此，班级的好事者赐名"喃"字，意思是太喜欢说道说道了。有一位叫马超的同学，看着表，站起来大叫一声，我们要看世界杯，今天中国队对战哥斯达黎加。老师说，你坐下，该上课还是好好上课。但是，止不住一帮男生应援，老师突然宽容地打开班级电视机，给我们看了比赛，我记得中国队还输了。有《我和我的祖国》里面，石库门的街坊们围在一起看中国女排那味儿了。我实在不记得太多的细节，只记得我那位同学巨大的眼睛，很长的睫毛，以及当时他倔强、决绝地要看比赛，伙同班级一众男生，在夏日的阳光下，似乎无比地高大。大约这就是我的滤镜吧！

几年前来英国游学，朋友说，一定要记得看一场现场足球赛。他是阿森纳的铁杆儿球迷。他把他在英国的球迷朋友介绍给我，带我去 VIP 坐席，吃伦敦酋长球场（Emirates Stadium）门前的脏辫叔叔的牛肉大汉堡。他们带我去后门追星，来了一堆球星，我一个不认识，就跟在他们后面。当时，还有骑马的警察。我第一次见识英国球迷的素质与文化，被这种氛围所感染。那天，进球后，全场在高声齐唱《Hey Jude》，可太壮观了。如很多年前，体育老师说的一样，地球围着足球转。前段日子，去了曼彻斯特和利物浦，足球名城。曼联红魔如雷贯耳，利物浦安菲尔德（Anfield）球场那句"You'll never walk alone"深深打动我，我的朋友"61 小可爱"一路跟我科普足球知识，让我这场旅行更加丰满，更加读懂了这座城市。

前几天，欧洲杯苏格兰和英格兰打平，苏格兰男生穿着他们为大家熟知的苏格兰裙上街庆祝，成群结队，披着苏格兰的旗帜，唱着统一的歌，最重要的是苏格兰裙子下面光着的腔，让我对本次欧洲杯充满了吃瓜群众的热情。

学校一直发邮件告诉我们可以去组团看比赛，英格兰大战德国，在我的印象中，我觉得德国战车还是很厉害的。朋友圈我还发了句说，我赌德国赢。最后，还是苏格兰赢了。一个朋友在英国的德国人酒吧里，见证了德国球迷从兴致盎然到鸦雀无声。而我在英国人的酒吧里面，见证了热血地唱国歌，到进球后，男人们高唱《Three Lions》。这首歌发布于1996 年，每当苏格兰进球，大家就会高唱：It's coming home, It's coming home, It's coming, Football is coming home。

赢球之后，男人们喷着啤酒，脱掉整齐的球衣，开始亲亲抱抱举高高，开始拍着自己圆润的肚皮协奏"三喵进行曲"。他们对着我的镜头做鬼脸，他们开心地跳着笑着，像个两百斤的孩子。他们走出酒吧，披着国旗，一路上碰到不同酒吧出来的球迷，人像滚雪球一样越来越多，他们不管红绿灯，他们向着每一辆驶来的车子唱歌。车子里的人会连按几声喇叭表达庆祝。然后，球迷们就会笑着放他们走，他们走过伦敦桥，他们来到特拉法加广场，只要是英格兰的比赛，特拉法加广场就会有大屏幕开着直播比赛。一大波球迷在这里，他们从隔壁的 Tesco 买了啤酒，打开，碰到人就碰杯，只要一个眼神就懂了，是彼此的队友。也有看到直接兴奋地撒酒，像香槟一样，跟路过的每一辆车互动，兴奋地把酒瓶砸了，砸完之后还会捡起来。你觉得他们又好气又好笑。我甚至在想，万一德国队赢了，这些男生会有怎么样的反应？一群胡子拉碴的欧洲老爷们会在路上互相抱着嘤嘤嘤地哭吗？那又得是何其地壮观。

今天，英格兰又赢了，4：0赢了乌克兰。我相信这个热爱足球的国度，一定会在每一个城市地标附近去欢呼去庆祝。

足球真的是春药，尤其是男人们的春药。人一生漫漫长路，有所热爱，就会有不灭的意志和无尽的渴望。

一条背带裤

小时候喜欢看杂志，各种杂志，我妈给的零花钱都给我用来买书买杂志了。喜欢看杂志的原因，是因为我妈无意中带回来的时尚杂志，让我觉得，啊，原来别人是这么穿衣服和理解人生的。

有一次无意中读到一本杂志，里面有一篇文章。作者说，自己在 28 岁生完小孩之后，搬家整理衣服，整理出一条背带裤，她觉得她是一个少妇了，应该告别背带裤这种东西了。作者刚上大学的表妹正好在一旁，立马就穿上了。作者觉得，哟呵，这才是青春的味道啊，就把背带裤送给表妹了。

送完这条背带裤，作者心里还挺不平静。觉得背带裤就像是某种青春的缩影，告别的不仅仅是一条背带裤，更是自己热血的青春。

我睡眠极少，有时候晚上睁着眼睛，思想在黑夜里漫步，常有些奇奇怪怪的想法冒出来。比如：我突然觉得我该买一条背带裤，即使，我可能穿着它的机会极少。但是，我想买一条。

于是，我下单买了条糖果色的背带裤。本以为，自己胖了不少，穿着应该可能会有几分类似于孕妇的尴尬，没想到穿着还挺像那么回事。

某天晚上躺在床上想，嗯？为什么突然要买一条不合时宜的背带裤，就想到了这个在杂志上看到的很早的故事，有多早，这个故事可能是我小学或者初中看到的，居然突然就浮现在我的脑中了。

说起来，我有多天马行空，倒也不至于。但是，总是不算循规蹈矩。

想到我们这个社会太喜欢教别人做人，时间线就刻在了我们的评判标准中。加上互联网的传播，98年的女生就开始称自己老阿姨，95年就开始称自己是中年人。

而老外们总觉得，我才30岁而已！

而中国的年轻人们，已然是一副，"我都30了，半截入土了"的表情。

我焦虑的事情，几乎都关于工作，即我未来能做成什么事。但是，时常碰到一些不熟的人，他们给我的人生建议是：你应该更瘦更美一点。

曾经见一个女生，第一次见，旁边有人介绍说，这是小野老师，出过几本书。通常这个时候，我脚趾已经在尴尬了。

因为，我时常能预判出，对方大体会问出什么样的问题。

但是，这个女生就贡献出了，我现阶段都难以忘怀的称赞：没想到你这么胖，还能写书啊！

国人的逻辑果然不好，胖难道代表脑袋也肿胀，无法有思想输出吗？关键是，对方胸也不够肿胀，臀也不够肿胀，我竟无从下手去反驳她。哪里来的自信，可能她觉得瘦就是美。

好，那我确实输了。

我没有那么焦虑我的长相和身材，但是周围人，时不时告诉我，你啊，不够瘦，不够美！

最听不得的句子是：你如果再瘦一点，会更受男生欢迎。

说句狂的，姐这么自信，就是无论胖瘦，我着实不缺男生喜欢，这么多年一直如此。

近来，时常有人劝我微整。我确实对我这张脸不够友好，我倒是也没有那么反对微整。可是一做攻略就发现，整形是条不归路，可能只能做加法，做不了减法，大体上一直得修修补补。整容医院的人，总是跟姐妹们说，整形之后那回光返照般的美，却没有告诉大家，玻尿酸会消失的，且人体无法完全吸收。瘦脸针打完，要么就是腮缩进去了，或者继续反弹回来。以及鼻综合一时爽，鼻子穿孔无法挡。甚至翻出，在脸上花的钱可以买一栋房子的人。以前，都是大谈自己如何美，如何开心，如何摆脱自卑的自己。现在谈，如何后悔，如何不堪，如何修修补补，心力交瘁。

这个社会最大的悲哀是低估女性的价值，而生为女性最大的悲哀是无法发现自己的价值，无法发现自己的美，且沉浸在某种父权社会给女性的狭窄定义中。

昨天经济学人杂志封面标题是：Why nations that fail women fail?

直译过来即，为什么女性不成功的国家不成功?

我如果穿这条糖果色背带裤出去，肯定会有一些人教我做人。比如：我妈很可能就会说，你多大了，还穿背带裤。

但是，我想表达的是，没有人可以帮你定义你的人生，除非你自己。

当我们接受了我们的幼稚

我有一个枷锁，在我很小的时候，我爸爸妈妈总会教育我说：你是个大孩子咯，你要懂事，你要谦让，你要照顾大家。

我不知道大家有没有同样的经历，这搞得我现在在任何一个团体里，超过三人以上就是照顾别人的角色。老娘也是个鲜活的人，也想被人照顾，好吗？

我长大后回想，我有时候觉得我大部分时候的不快乐，就是来自"你要懂事，你要谦让，你要照顾大家"。以至于大家都觉得我是一个钢铁侠一样的女生，不需要关心，没有小性子，懂事，周全，体贴。我们把"我""自己"放在了很后面很后面的位置。

长大后，遇到事情，不管是跟谁闹不愉快，总是先检讨自己，不管是不是自己的问题，总是先把自己的问题摘出来，道歉，谦让。我们总是把自己的委屈藏在很后面，即使很不开心，很不舒适，也选择先隐藏自己的情绪，然后自己找一个小角落去哭一哭，一边哭还一边责怪自己，怎么那么没出息呢？这多大点儿事啊！

时常觉得，形容一个女生，坚强。哈！这词儿简直就像是骂人。要不是生活所迫，谁要把自己逼得一身才华啊！

想想这个世界，对我们这种懂事的女生，真是天天辣手摧花。

有一天，我突然想明白，很想把心里的小恶魔放出来，见见人世间，我为什么不能腹黑，为什么不能表达不开心，为什么没有被讨厌的勇气。

想完这些我就舒服多了，人一旦学会破罐子破摔，世界立马就豁然开朗。心态都变了，哥们就很想对世界怼鬼脸。

为什么要成熟啊？又不是工作，工作的时候崩得过于紧张，搞得生活中留下很深的工作印记，人家随便问个建议，你都拿出给人家做咨询的姿态，人家付钱了吗？你说那么多有用吗？日行一善，人家觉得你善了吗？

为什么要懂事？人间真实啊，凡事懂事的女孩，运气都不太好。为什么不能直面自己的欲望啊，为什么总是先人后己啊，真当自己是观世音在世啊，天天成人之美，日造七级浮屠，造的浮屠楼歪得跟比萨斜塔一样，也不知道嘚瑟个啥，好像还挺感动自己似的。

为什么要谦让？就你圣母，就你会成全。天天在宇宙中心呼唤爱，不知道爱这玩意儿，是个稀缺资源，撒出去太多，自己都忘记得给自己留点儿。

懂事的女生，上辈子一定是属鸭子的，都嘴硬。

心里已经一万只草泥马飘过了，表面还能云淡风轻。

明明受到了伤害，还是会说：我没事。

朋友说，你累不累，为什么要天天装着大女主的样子，啥事都要自己扛。能不能直视一下内心的阴暗面，能不能直视下自己的不完美。

然后，我就直视了一下，我突然觉得做个渣女真棒。渣女的日子不需要这么隐忍、谦让，照顾周全每一个人的情绪、需求。我们太顾及大家的体面了，而其实，谁说事情一定要体面，有时候体面可能是我们自己执拗的美学追求。但是，这个世界原本就是不完美的，执拗地想完善，是不是逆天意？

《巴菲特写给儿女的一生忠告》说：如果将来我有女儿，我不会从小灌输女孩子要温柔，要善良，要懂事这类思想。这些看似美好的词儿，在我们看来跟道德绑架没有什么两样。我会教她如何权衡利弊，做事之前想好得与失，先爱自己再爱别人，我要把她养成一个既世俗又浪漫的精明女子。

想问，我现在进修还来得及吗？

想通了这些，我接受了自己内心的阴暗面，就认真地思考怎么做一个渣女。然后，他们就跟我说，你怎么那么幼稚啊。我说，怎么样，不可以嘛？要是以前，我肯定说，是不是这样不太好。此刻，老娘爽是第一位的，现在的小野酱已经不是以前的小野酱，现在我，立志做一个叶赫那拉·野酱。

人类一旦丢掉了成人的偶像包袱，接受了幼稚的设定，怎么做怎么爽。

我们应该主动剪掉那条脐带

这是今年听到的第十个离婚故事。

每一个离婚故事都是以"相爱"开始，以"不同"结束。

可是，开始的时候，我们就应该意识到人和人之间原本就是不同的。在十个离婚故事中，首先，表述者都是女性。其中50%的女生，有这样一些特性——

结婚前几乎都跟父母生活在一起。父母的能量还不错，可以解决生活中的很多问题。父母有一些强势，父母决定他们生活中大部分的决定。大学时，父母会说别谈恋爱，大学毕业后，父母说立马结婚。父母在婚姻中掺和很多，父母的关系基本上还算不错。

Angel 说：我父母的关系是很棒的，我的爸爸在家中不善言辞。妈妈是全职妈妈，家里所有的开销都是爸爸来的。而我的前夫，我从来没有用过他的钱哦。我的前夫的父母是闭塞的、狭隘的小市民。而我的父母，爸爸在银行，妈妈做全职妈妈前是幼儿园老师。

我的妈妈现在帮我带孩子，他们应该承担这种责任。因为，他们帮我选了一个很不可以的老公。谁让他们操办我的婚姻，并且把我的生活弄成这样。

我的前夫糟糕透顶了，我让他做什么事情都不去做。甚至他也不帮我花钱。我花自己的钱买自己的东西，他都会训斥我，说我在浪费钱。我的前夫跟我爸爸比简直是一个极度糟糕的男性。

我大概经常听到这样的表述，这些女性往往都成长于一个相对安定幸福的家庭，父母帮她们承受住了大部分的生活的琐碎和烦躁。但是，她们并没有意识到，她们觉得生活的本质就是容易的。

这些女性成年之后，会经常觉得别人对她们好是应该的，她们会把她们所在的环境类比成家庭环境。家里你撒泼没关系，血亲会无限制地包容你。可是，走上社会，有谁会没有理由地包容你的坏脾气？

她们会以自我为中心，因为在家里父母是以她为中心的。在跟另一半相处的时候，她们会潜意识地还是以自我为中心。但是，我们跟任何一个男人的关系，都是需要经营的。这个关系奇妙就奇妙在，你们虽然曾经无限亲密，一旦经营出了问题，是可以变成最熟悉的陌生人的。我想说，在相处的过程中还是需要一些技巧和脑子的。

她们会自信，是普通却无比自信的那种自信。自信当然是好的，普通却自信就好像是一种自我认知障碍了。而如何认识自己，是通过不断和别人相处中映照出自己的。这种自信就像是蒙住了双眼，让人丧失共情能力。结婚的对象，是她们第一个认真接触的男性。

后来，她们离婚了，又跟父母生活在一起。依然找不到对象。她们喜欢抱怨男人，觉得这些男人都不如她的妈妈、爸爸、兄长。

把以上的性别从女性换成男性也同样适用。

他们过往生活得太舒适了，以至于从未真正地面对过生活，一旦生活露出了它的獠牙，这些温室里的花朵就会吓一跳，无论多大岁数，还会藏到父母的身后，去期待有人给他们出主意，搞定一切。

Angel 说，我父母给我找了对象，他们说这个人还不错，于是我们就结婚了。

可是结婚这件事，不是你父母和这位男子生活，是你和这位男子生活啊！

Angel 说，这位男士不如自己的爸爸。

拿一个没有血亲的男人就跟自己的爸爸比，是不是也是一种冒犯，甚至有一些恋父情结。他没有理由必须像你的父亲对你无微不至，充满关爱。他就是他，是你生活的伙伴。

Angel 说，他不能处理生活的很多事情，比如帮我处理公司的事情。

这个男人不是孙悟空可以处理任何问题，你公司的事情就是你公司的事情，隔行如隔山，需要你自己去解决。

Angel 说，你看我的父母关系多么和谐。

当你懂事的时候，你的父母已经过了他们的磨合期。因此，你只看到了他们的和谐，忘记了他们也如绝大多数情侣爱人一样需要时间去磨合。

Angel 说，我想这个男人不是我想要的。

如果，你不解决自身的问题，碰到十个男人，还是一样的问题。世界上没有齿轮完全吻合的夫妻，所有的好伴侣都是养成系的。很多人说，我没有耐心的，我哪有耐心去培训一个男生。你是何德何能，天下就掉下来一个完美情人？

如果有能力，希望男生女生在一定的年岁后，不要跟父母住在一起，自己去剪掉关于家庭的那根脐带，没有人给你造血，没有人给你服务，你自己面对生活的一切，你才会知道生活的真相到底是什么。用自己的能力去解决自己的问题，你才能总结出自己的方法论。才知道自己想要的到底是什么。才知道这个世界上"责怪"是最容易的事情，决定才很难，也会知道做决定很难两全。

去多观察几个伴侣，多试试几个伴侣，才会知道自己到底需要什么的人。而不是年过 35 了，还满嘴我妈说、我爸说。这个世界的导向，从来不活在你父母的判断之下，也断然不可能活在你父母的控制之下。

当然期望你这辈子就这么平顺得啥也碰不到，稳稳当当、开开心心地过一辈子。但就我浅薄的认知看，这大概是不可能的，你总有一天需要直面你的生活，直面你自己。

我们应该主动剪掉那条家庭给你持续供血的脐带，才能洞见生活。

岁月没有治好我的中二病

我在应该得中二病的年纪得了中二病。大概是初中的时候，还倔强得被老师罚站。我是一个从小学起做班干部的人，当时我爸觉得脸都快丢尽了。怎么能让老师罚站？不觉得难受吗？

说实话，我不难受吗？我难受。但是，中二少年不就是得与世界为敌吗？

那么多年了，很奇怪，明明就是个很普通的小孩，却时常从内心升腾出莫名的倔强。偶尔深夜自省，到底有什么可骄傲的。

我问朋友，他们会说，你呀，还是缺社会的毒打。

在《甄嬛传》里，你就是那活不过第二集的嫔妃。我心想，真是抬举我，还嫔妃，就这暴脾气，能不能进宫都是问题，还是得在民间撒野才痛快啊。

说起来，社会好像对我也没那么好。但我这个人忘性很大，一件事情中间无论多么不顺，有多少阻碍，只要克服了，坚持了，结果是好的，我就会忘记大部分的苦。但是，要说我多么享受那个做成事情的欢乐，我好像也不太迷恋欢乐，总是能快速地找到下一个目标。

工作这么多年，很遗憾，世界的规则依然没有治好我的中二病。我有时候为社会惋惜，你看，在你的教育之下，还是会有漏网之鱼的。

我不太喜欢谄媚，这大概跟很小的时候，就跟我爸爸到处参加应酬有关，那些叔叔都是社会上有头有脸的人。所以，从小遇到大人物我也不怵。那有什么的？再厉害的人，也不是两只眼一张嘴，不多不少。据说我小时候就有反骨。我爸每次惩罚我罚站，我就会问，你为什么罚我？嗨，还得跟我爸掰扯个"何为正义"。

小时候我就是个"女权主义者"，跟我爸应酬，几乎一桌子都是男的，小孩没几岁，愣是喜欢接茬儿。叔叔们告诫我很多很多次，"女孩要谨开言，慢开口"。我记得小时候问了无数次，这句话是什么意思，甚至在今天打出来的时候，还百度了一下它的意思。

小时候还喜欢看大人的书，少年就有那么些许的老成，时常觉得跟同龄孩子玩，他们有些幼稚。当然，可能他们也觉得我挺装的。

私以为，"装"这件事情上，做事和做人上是两个表达。

做事的时候，可以装一点高标准严要求。但是，就怕有些人做事的时候，不装，潦草完事儿，做人的时候，又装得很，这就没什么意思了。

我有时候一眼望去，看看周围的人，有些孤独。觉得自己一把岁数了，怎么还这么中二，能不能像一个正正经经世俗意义上的成年人。比如，把头发梳成大人模样，拎一个撑得起自己职务的包，很外在浅显地向成年人靠拢。把自己所谓的个性、棱角，自己想要的表达收一收，就做一个模板的成年人。

关于做一个世俗意义上的成年人，这个命题，我跟很多朋友探讨过。有时候，还会为一些社会上习以为常的不公平而生气。朋友就说，有什么可生气的，这不是很正常？大部分时候成年人太喜欢藐视别人的苦痛了，觉得别人的苦痛都不叫苦痛，只有自己的悲伤才是真的悲伤。有时候，我还是会开一些不合时宜的玩笑。比如，明知道对方很装，却非要戳穿，然后又把人从悬崖边给拉回来，俗称"嘴欠儿"。

还好，我没有因为中二，丢失很多朋友，反而给我赢得了更多的朋友。他们相伴我左右，陪我很多日子或者只陪伴我一段日子。遇到很多愿意帮我或者成就我的人。我常常很感激，又不知道怎么去报答。但是，遇到别人要帮忙的时候，我也总是会尽自己所能去帮。有时候会显得太过热心，引来误会。实际上我从未想要获得什么实质性的东西，我只是觉得人间就该如此。

这些年，中二的病根儿还在那里，中二的病灶表征倒是有些许的变化。以前是跟父母拧巴，跟世界拧巴。现在好一点了，把大部分的坏情绪留给了自己，只跟自己拧巴。

前几天，发生了特别不好的事情。我非常生气，我跟朋友说，我怎么可以这么生气呢？这件事的发生不是也很正常吗？有什么不可以理解的？

朋友说，因为你还是热血少年啊！我安慰自己，或者，有些人的青春期就是比一般人要长一点呢！他们说，成功需要朋友，巨大的成功需要敌人。我有时候在想，那个敌人是不是就是过去的自己。我们这种成年中二病携带者，就是一直在跟自己较劲儿啊！

Chapter 06

章节六

假装 朋友圈

每个时代的年轻人都会迷茫，但是每一代的年轻人都在

追寻生命的意义，我们披荆斩棘，不过是想给生命

打上属于我们这个时代的烙印。

在每一场网红产品的决斗中活成别人

朋友圈没有营养是从什么时候开始的？

是从大家都微商附体，大家都卖保险，大家都分享同一类的文章，标题一个比一个惊悚，内容一个比一个狗血开始的。在朋友圈里面鲜有发现所谓独立而有趣的灵魂，对这些内容我从来都是分外珍视。

网红产品是怎么变成网红的？不过是利用互联网的规则，在互联网的语境里去吹爆一个产品，而大部分的小×书以及各种营销号推荐的产品，采用的行文范式多是"坏消息"和"好愿景"模式。

互联网改变了信息的获取方式，我们能第一时间收到推送，快速赶到网红产品的第一现场，好像大家都不需要上班似的。每个人手里装备着一杯大白兔，一件优衣库 Kaws [1] T

<hr>

1 考斯（Kaws），街头艺术家，创立的潮流品牌近来常与品牌服饰合作推出联名款。

恤，一双匡威的 1970s 款。

大家不过是被"魔弹理论"营销活动设计下的提线木偶。

国人精神世界何其贫瘠。对于很多思想荒漠的人来说，网红产品像是黑暗航行中的灯塔，指明了大家当时当下获得即时快感的方向。

没有观过世界的人，世界观都是靠营销号塑造的。他们总是在告诉你，如何活着才像一个体面的人，他们不会告诉你体面的维系需要时间积淀，他们只会告诉你，买一杯×××奶茶，吃一次×××餐厅，穿一款×××衣服，买一双×××鞋子，教会你一些生活的范式，你陷入一种无故的焦虑，如果没有这些我好像就不配称之为"精英阶层""体面人群""潮流 Icon [1]""新天地吴彦祖""三里屯彭于晏"。

大家被各种言论煽动，我们没有时间去想我们到底要活成什么样。那些网红的地方，一个不能落下，即使现实生活中我无比失败，但是一杯 25 元的大白兔，会让我那一天都感受到人生高光时刻，觉得自己是朋友圈最靓的崽。这种唾手可得的成就感，甚至不需要花费太多的脑力，只是需要你投入一点金钱和时间，就能获得朋友圈最多的点赞和满足你最虚荣的内心。并不是每一个网红产品的现场都需要优衣库般的决斗，如果每个都像优衣库需要打架的话，获得"朋友圈

1　潮流 Icon：指引流潮流的人。

最时尚的崽"荣誉称号时，你还需要一丝体能。朋友问我，Dior 和 Kaws 合作时也未见得有这么多人去抢啊？

也许如果 99 块就能走在时尚的前端又为啥要花四位数啊！

世界上最尴尬的距离就是，我们相向走来，你穿着 Dior × Kaws，我却穿着优衣库×Kaws。

上海人民热爱投入到每一场网红产品的决斗中，每一个莫名其妙的网红门店门口，都站着一帮脸上泛着春光的男男女女。或者在他们小小的虚荣心里，当我拥有这个网红产品的时候，至少在今天或者在未来一周的时间里，我都是与你们这些猫猫狗狗不一样的"弄潮儿"。

Lady M 蛋糕店开业，排队 6 个小时，警方强制关门。最重要的是黄牛乐疯了，随便一块 75 元的蛋糕，代购费跟一块蛋糕的价格相差无几。

大白兔奶茶，老字号满满的求生欲。80 后共同的记忆，现在他们变成消费的主力，来一波复古怀旧的炒作，在商场中央搭起了快闪店。25 元左右单价的奶茶，至少排队 4 个小时起，长长的队伍里，满是喜茶和 Lady M 门口轻车熟路的黄牛，单杯奶茶黄牛加价至 58 元。

多少炒作、情怀、虚假舆情，而我们再也品不出小时候的乐趣。

至今美罗城的喜茶、环球港的乐乐茶，数次路过依然人山人海。

信息每天都像是壶口瀑布一样，向我们奔涌而来，泛起水汽，泛起波涛，泛起彩虹。对于我们而言，重要的不是获取信息本身，是学会对信息进行筛选。

有一本书叫《低智商社会：如何从智商衰退中跳脱出来》，来自日本的大前研一。书中指出：时代的发展似乎并没有相应地提高人们的智商，反而使得人们的智商在逐渐衰退。体现在：年轻人只关心直径三米的事情，没有成功的欲望，学习能力低下，但是丝毫不以为然；看到电视中，互联网中的广告就会马上冲动购买；遇到困难，懒于思考就立即放弃；人云亦云，做什么事情总愿意随大流。

低智商社会，让人们缺乏深度思考。我们在每一次网红产品的绝杀中，活成了被设定的别人。

当大家都在"抖机灵"的时候

基于一些人的观察，发现大家在做事的时候更喜欢"抖机灵"和拿来主义，在整个行事的过程中更容易有"慕强"的情绪。虽然，这也具体说不出来有多少"大恶"。但是，你有时候也很难配合出演。

钱理群老师在 N 年前描绘的北大学生的"精致利己主义"，好像并没有因为他的批评而变得比较收敛。相反，大家更默认，你看别人都是这么"抖机灵"的。这就变成了一种潜规则，就像导演睡演员，变成了一些人眼里的"捷径"。

生活中经常被"抖机灵"，一些万年不联系的人，突如其来的谄媚，你就知道前面大概率有坑在等你。被谄媚也没有什么，熟悉我的人也知道，我大概率不吃那一套。如果，你强行要演那么一出，那我只能不回信息了。

一些人半夜止不住躁动的心，给你来一大段谄媚，临了不过是希望你给他们递递简历，找找内推的机会。有时候，其实是举手之劳。但是，如若你发现你帮着他们投了点企业，最后，因为个人原因没有被录取。无意中，再觉查时，你已经被删除了，让人唏嘘不已。他们并没有领会到获得一个人的帮助，有时候是需要花一定的时间去建立信任的，这种信任才是更重要的东西。

关键是"抖机灵"的小朋友们通常还有不少职业理想，比如：在基金公司做到合伙人或者副总裁。我通常发现有职业理想的人不少，但是，为此能付出一些代价、努力、勤奋、踏实的人很少。他们把"抖机灵"当成是上升的唯一通道，今天讨好这个，明天讨好那个，谁都想讨好，最后，里外不是人。但是，在他们的概念里面，他们没少努力，你看讨好这活儿，也很费力费时的。他们抖着抖着，自己形成了一定的令人发指的套路。他们自觉非常聪明，需要的时候就拿出来。有些人一眼就能看出来了，但不也给大家互留体面吗？非要拆穿也很累，毕竟人生经不起拆穿。

拿来主义，有时候就更过分了。觉得所有人都是像你亲妈那样，该毫无条件的宠你爱你，与你友好，在你发脾气的时候让着你。在一个集体里面，你永远都是小公主，小少爷。

这个世界上，有人帮你，是人家心善，如果有人不帮你，也是情理之中的事情，凭什么都得毫无条件地去围着你转呢？大家有时候太脆弱了，脆弱到，明明自己做得不够，却总喜欢把责任推卸到别人身上。就像小时候你跌倒了，明明是你站不稳，但是也得伙同家长去骂地或者墙不好。

　　慕强这件事，也是越来越普遍的情绪。表现为，眼睛只会往上看，不会往下看。对待他们食物链上游的人谄媚，对待他们食物链下游的人有时候就是无视或者不礼貌。从人类发展的角度来看，对权威无理由地崇拜，其实是社会价值不够多元——我们社会的上升通道变得极窄，窄到只有那么几条路。社会认同的是，你做了金融、IT、律师，就是值得尊敬的，你做了麦当劳的服务员、外卖员，就不够体面。这种相对单一的价值观，说到底是缺乏思考。

　　总觉得自己变得越来越喜欢讲道理，沾染了一些油腻。其实，很多时候，写出来的社会观察，是我身体里面剥离出来的第二人格，对自己的警醒。所有的伟大，都不是"抖机灵"造就的。如果，我们还有点更宏大的理想，不管是职业的还是人生的，它需要你把那些小时候在语文课上读到的那些大词儿：踏实、勤奋、努力、坚韧，用时间来践行。

　　希望大家不要"抖机灵"了，配合演戏也挺累的呢！

孩子选择哭闹，成年人选择解决

我们公寓里面还有一个香港小哥哥。

每天脸上一副狂拽酷炫我最行的表情，感觉是生人勿近，内有恶犬。

一度让我们的戏精中国室友以为是"港独"，差点自导自演出一部"家国篇章"，誓死捍卫祖国尊严。

我看人爱看优点。当所有人说，这个人说话拽什么拽的时候，我还打圆场说，这人做事挺细致的，特别是做饭的时候，一板一眼，像极了厨艺大师，而且做饭从来案板整洁，不会弄的哪里都是，大家不要带着某种滤镜看待我这个室友。

问题就是，每次厨房出现一丢丢不整洁，他就会在我们共同的的群里发话：我不是指责任何人（就是在指责一些人），但这个抹布这么脏，这么恶心，用完你们不会洗洗吗？你们这样做……一副"爸爸教你做人系列"的言语。更不爽的是，他喜欢每一个小处，取证式样地拍照，比如剥蒜掉了一丢丢皮在地上，掉了三处皮，他拍三处。我们群里好像是一个坏消息公告栏，从来觉察不到温度，一出来消息就是他指责群内除了他以外的人打扫不得力。

首先，这个抹布没有他说的那么恶心。其次，他的固定句式就是，我不是指责任何人，但是言下之意不就是在指责其他人吗？

在这里要理清几件事情，就是表达的场景和内容的匹配度问题。跟不同的人说话，要关注对方是一个什么样的人，并且尽量调配到他所能接受的状态去沟通，内容同样需要思考，直接不是坏事，但是直接用什么方式表达出来是技巧。

大家同租住在一起本来就类似于一个家庭，大家共用一个厨房，一旦吵得不可开交，抬头不见低头见的，伤了和气，见面也很尴尬。我们自然也明白他的意思是要我们保持厨房的清洁。但是，话可以说得舒服且达成自己的目的，为什么偏要说得膈应还让人起了反骨呢？况且平时我如果看到厨房里有什么脏的地方，就顺手擦了，也不会特别的每一处拍照发到群里。

我发现内心成熟和不成熟的人在处理事情上的差异感。孩子遇到事情，首先是哭闹，情绪要发泄出来，哭完了再去吭哧吭哧、哼唧哼唧打扫战场，不情不愿，不舒服。成年人遇到事情，简单的就顺手处理完了，因为时间是不可逆的资源，我花半小时去告诉别人"你错了"，我不如自己就顺手稍微擦一下就结束了。毕竟，对我们公寓的自觉程度，我是非常有信心的。

不管是生活还是工作，管理型思维都应该贯穿。看人要看人优点缺点，立体地去看。做事要妥帖舒适，漂亮话也说了，事儿也办了是高境界。人是社会动物，我们一个人独处惯了，就很容易对自己产生某种钝感。比如，对自己缺点的不觉知。我们只有通过一定的社会生活、跟别人的共处，觉察出自己在遇到某些事情会有哪种反馈，到底是一个什么样的人。通过不断复盘，总结出怎么样处理事情高效，能获得大多数人的满意，什么样的沟通方式更高效。

生活中不管大事小事，处理得妥帖，都是看功力的。这种功力需要训练。有的人，人生一直非常糟糕，负面情绪占大多数。有的人一直饱含着能量和热血向前，并不是因为这些人不遇到困难的事情，是因为这些人遇到困难总是积极地解决。他们形成了某种向上的积极的能量，以至于我们可能并不知道这个人过往的人生经历了什么，总觉得这个人不管做什么，都可以处理得很好。

跨文化的沟通本来就可以是一个课题，即使大家都使用汉语，香港的文化内核和大陆也有很多不同。相较于我们，他更严格要求自己，像一个精英一样去训练自己，带着香港文化背景下的高效与焦虑，生怕自己一起床就落后于别人了。所以，他们会有一种行为模式：我做好自己的事情，我不麻烦你，你也不要打扰我。围观身边的绝大多数所谓的"范式精英"，看着他们的行为，我有时候想这样是不是内卷化的一种加剧。

想起一个故人做过的一个公开演讲，他说：与其最好，不如不同！

扯远了，我想说的是，遇事儿，孩子们才首先选择哭闹，成年人想得是如何更好解决。与各位共勉。

无穷的远方，无尽的人，都与我有关

每天醒来都有新鲜的事情发生，大部分都与我无关，与我们无关。

奇葩说，昨天抛出了什么很顶的观点。

吐槽大会，又如何玩了些好玩不好玩的梗。

哪家明星的粉丝又祭出什么幺蛾子。

世界人民都在抗击新冠的水深火热之中。

北上广深到底信不信眼泪，

三四线城市到底容不容得下梦想。

上个礼拜出现了一款 App：clubhouse。

它的出现，应证了鲁迅先生的一句话：无穷的远方，无尽的人，都与我有关。

互联网是弱联系，我朋友圈好友庸常迎来送往保持 4960 的人头。大部分时候，我连他们的朋友圈都刷不到，更谈不上能不能真的变成朋友。可能只要不让我买保险，不让我做微商，不让我投票点赞，以及截屏我说过的话去微博骂我，就已经算是个合格的微信好友了。至于能不能产生新的链接，那纯粹是看缘分。

clubhouse，更是突然间从微博热搜飘到我的面前，又刷屏似的霸占了我的朋友圈，大部分都在求邀请码，而我刚入坑，两个邀请名额就快速用完。淘宝更是祭出 399 一个的价格，闲鱼也有 40 块左右的市场价。

当我以产品经理的姿态去体验这款 App 的时候，它又在我常年 5000 人左右的朋友圈的基础上，又加了 buff（增益拓展）。毕竟，微信主要还是华人的天下，而 clubhouse 里你可以实时语音交谈到世界各地的人。

我刚上线，就被混京圈互联网的朋友，拉到一个有全世界各地的华人群里。然后，他简单介绍我，大家就开始自如地吹水，非常有素质地进行问题的探讨。

过了一会儿，梁文道带着马家辉、周轶君、陈晓卿出现在某个聊天室里面，让我更实况地感受了下圆桌派。后来，又被实时推送到"两岸年轻的对话""亚洲投资产业探讨""英国投资圈的一些探讨""硅谷的创业圈的对谈""日本关于社交媒体作用的聊天室""德国关于创新问题的讨论组"。最秀的是刷到孙宇晨在线送书，一个聊天室达到 1000 人的规模。

我充分地参与到一场互联网的狂欢中去，我的京圈创业圈的朋友更是组成了一个聊天马拉松，聊天室开了 7 天，全球各个时区的人，接力棒一样地完成聊天室的主持工作。加上之前马斯克的助推，这个产品被推到了前所未有的高潮。每一个人都兴奋地希望能近距离地感知一下这位全世界最"炸"的人。

这种高度的互动性和链接性，以及一些大咖们纷纷入坑玩耍，是会有很大的煽动效应，带来某种群体无意识的集体狂欢。加上大家善于制造各种鄙视链，能进去又是需要一定门槛，号称最早进去的都是"精英"更给这款 App 加足了"狂拽酷炫"的滤镜。

从一个普通用户的角度来讲讲我的感受，能链接到不同国家和地区的人，听到一些新鲜的咨询和分享，是非常值得兴奋的。猎奇带来的新鲜感，驱动我愿意花费一定的时间畅游其中。但是，真的浸淫了几个小时后，虽然，大脑非常兴奋，但是，如果细细追问，除了一些浅层的快乐，我并没有获得什么。加上自己有很多事情要处理，没有办法有那么多时间挂机，更多的时候它是一个陪伴的背景音。

早先，我们了解到一个词语叫"信息茧房"。意思是说，因为信息比较容易取得，人们在摘取信息的时候，会习惯性地按照自己的兴趣去选择，而互联网产品的算法，又按照你的喜好，一直推送你想看的东西来增加用户黏性，因此人们犹如活在一个蚕茧一般的"茧房"中。在 clubhouse 这个 App 中，信息是流动的，是无痕的。但是，因为我也是在多种房间中的选择，选择我感兴趣的，所以同样陷入了一种流动的"信息茧房"。今天有人在 clubhouse 里面说，这叫"水茧房"。这个名词，我觉得有那么点意思，但是还没有深入地去考证。

这款 App 最早是硅谷这些所谓的创业、投资圈精英用的。精英最大的问题是，注意力资源有限，他们需要把大量的时间投入到更能实现价值和自我实现的地方。clubhouse 更像是一个吹水的地方。因此，一旦这批精英人群离开了 clubhouse，它就更像是古早类的聊天室，这个产品的寿命会持续多久呢？

另外，声音类的信息获取的资源，相较于文字类的有一个比较大的问题，就是你无法在最短的时间内，判断其信息的有效性。即使是梁文道或者硅谷创业精英在 clubhouse 里面"传道授业解惑"，等我去围观一会儿，发现由于听众问的问题比较基础，以至于很多人觉得性价比不如看"圆桌派"更浓缩，更精华，更直接。

由于，你需要浸泡足够长的时间，实际上在获取信息的过程中，信息的密度无形中被极大地稀释。而时间是最宝贵的资源。听闻有个人希望在一个都是大咖的论坛上等待提问，等了一个多小时，然后只给说 5 分钟。而我刚好听到了那 5 分钟，我真是觉得，那 5 分钟说得逻辑混乱，内容空洞无力。

当然，当我没事的时候，我还是会找一个感兴趣的聊天室待着，看看会不会碰到什么有趣的人。毕竟，有趣的人确实是少之又少。社交是人的刚需，很多的强联系是在弱联系建立后，乘以时间和互动，转变来的。强联系是安全感，归属感。弱联系是惊喜或者惊吓，都是不确定的。可以肯定的是，一个人一旦在一个熟悉的环境中呆得太久，感官就会变得迟钝，人呈现出来的状态也暮气沉沉。我至今出书，讲座，录制节目，还有读书会，都是由弱联系给我带来的。我们或许没有见过，但是文字让我们链接在一起。

人这一生要面临很多议题，"关系"是其中很重要的一个。我与世界的关系，我与朋友的关系，我与工作的关系，我与伴侣的关系。我们是通过关系来认知到自我的，就像山本耀司说的："自己"这个东西是看不见的，撞上一些别的什么，反弹回来，才会了解"自己"。所以，跟很强的东西、可怕的东西、水准很高的东西相碰撞，然后才知道"自己"是什么。

非要给文章升华一个什么议题，我想是，不要放弃对世界的好奇和敬畏之心吧！

当我们用"卧槽"表达一切的时候

我的老师去世 9 个月了，近来时常会想起他。想起他第一次讲课，用词的"民国"气质。类似于他很少说不知道，会像台湾电视剧里面说"不晓得"。后来看王伟忠、蒋勋、唐诺、张大春的访谈，觉得气质上大体如此。他们很习惯用"××里头""不晓得这些年你还好吗?"。

他也曾经无数次地告诉我，淑女不该在词句中用那么多流行语。我那个时候只是觉得他跟我有代沟，并不能迅速领悟到他的意思，为什么不让我那样说。我单纯觉得，流行语就是跟得上时代的表现。你一旦跟不上现代人构建的语言体系，在网上就很难流畅地冲浪。

动辄一个 yyds[1]，或者 awsl[2]，又或者 zqsg[3]，就很抓狂。还有很多舶来词：C 位出道，你 pick 谁? 或者很多衍生

---

1 "永远的神"的拼音缩写。
2 "啊我死了"的拼音缩写。
3 "真情实感"的拼音缩写。

词，比如：海王、干饭人、针不戳、夺笋啊之类的。

语言当然是一个载体，就像我们也不会如几千年前，问你吃饭了没，正经八百用：小娘子饭否？现在这听起来都好像是一句调戏。

现在我们只会问"干饭吗？"

然后，大家会接一句"冲"。

每一代人都有一代人的话语体系。用这些词语虽然能迅速地找到同伴，在某种程度上，也让话题止于浅层。我们可以用"牛逼"形容一切的厉害，可以用"傻逼"形容一切的不理解，可以用"卧槽"形容一切的惊讶、称赞、兴奋、反讽。我们也因此显得浅薄，以及，某种程度上的不够真诚。因为，这句话的适用范围之广，也稀释了它原本承载的感情色彩。

当我们在与人沟通的时候，语言是最重要的传递工具。你遣词造句的能力、用词的选择，加上你的态势语言，能侧面反映你是一个什么样的人。语言的单一性和片面性，当然侧面地反映出思考的浅薄性。读苏东坡的词句和读柳永的词句，能让我们清晰地感知到两位性格的不同。柳永的《雨霖铃》曰：杨柳岸晓风残月。多半断定他是个文艺男青年，阴柔气质。苏东坡的《念奴娇》曰：大江东去，浪淘尽。便能觉察出，这位爷大气磅礴，老炮儿气质。

不管在什么场合，你说出的每一句话，都在勾勒你的形象。如果说日常生活无伤大雅，在工作场合言辞的不当、输出的不精确，可能就会造成损失。比如，当你做自我介绍的时候，你到底会选择用什么样的词句，让别人记得你。当然，大家都想建立一些正面的形象，可是为什么往往一张嘴就猥琐了很多。

语言除了反映你是一个什么样的人以外，在某种程度上还会反向塑造你的价值观。而在中国社会整体呈现出来的低幼、丧、怂、不负责任的状态，也在影响着当代的年轻人。比如：谁还不是个宝宝呢？日常网抑云。我太南了！这些词语，虽然鲜活，流行，俏皮，在使用这些的词句时，会让我们陷入到一场集体无意识的狂欢中。一旦遇到事情，就会选择逃避。人生的问题，大部分在逃避时会带来更大的挫折。

人类的漫长历史，都附着在语言和文字上，语言文字作为载体进行传承。我们当然得理解语言文字都在进行演化，解构，再去重构。但是，流行文化其实是一茬接一茬的，它是昙花一现。我当然不希望，N多年后的人打开了文学作品，都是些："卧槽，真的太美了！""卧槽，真的太好吃了！""卧槽，怎么那么厉害！""卧槽"在某种程度上，否定了人类文明发展这么久的丰富性与多样性。

我们更希望文字和语言，展现它丰富的人文性、层次性，甚至地理特性。一如现在虽然很多地方都用华语，华语依然有很多体系，在香港，在台湾，在韩国，在日本。汉字，也因为地理政治的原因分离出不同的派系。马来西亚和新加坡也有很多人说华语，如果仔细研究，他们又有不同的用词习惯，他们受粤语、闽南话、客家话的影响，用词、语言结构都有不同。

不是单纯地反对"卧槽"的使用，或者对流行语充满巨大的敌意。只是，有时候当我们陷入一场狂欢，被一些东西豢养，因为集体无意识，而显得一切都有了正当的理由：你看大家都是如此。这些碎片化的、浅薄的词语正在慢慢肢解我们对生活的独立思考。我们依附在这些词汇上，我们简单粗暴地认知事物，描述事物。我们简单粗暴地去形容事情，在网络上形成巨大的语言场域，这个场域充斥着浅薄而极端的观点。你同意我，你就是"牛逼"，你不同意我，你就是"傻逼"，你中立，你就是没有脑子的"草履虫"，我们太喜欢玩这样的游戏了。

许知远在最新一期的吐槽大会上说：审美的偏狭，是一种智力的缺陷。那么，审视事情的偏狭，就是一种思考力的缺陷。换一句话说，是一种无知。

已 读 不 回

　　微信裹挟着我们的生活，它摧枯拉朽地将我们的生活和工作混作一团，让大部分的社畜毫无喘息之力。即使是下班，即使假期，同事们一顿询问，总是得回一下。毕竟，这年头，手机就像是长在人身上的一套器官一样，几乎是不离手的。

　　才开始，我遇到微信信息未读的红点还会焦虑，但你发现那个红点就像夺命狂徒一样，一直追着你的时候，你便开始追求某种佛系了。嗐，反正回不完，爱咋地咋地吧，地球离了谁不转啊！

　　人一旦学会破罐子破摔，人生便豁然开朗。好像是《桃花源记》里面武陵人找到了进入桃花源的入口。"林尽水源，便得一山，山有小口，仿佛若有光。便舍船，从口入。初极狭，才通人。复行数十步，豁然开朗。"

　　以前的我，觉得不回信息是一个不礼貌的行为。特别是工作的事情，怎么能不回信息呢？当然，可能也表示我在这个人心里不那么重要，我的事情不是什么重要的事情。碰到那种我发信息询问事情他不回，但是他发我信息我不回就夺命连环 call 的人，更是厌恶至极。这种精致利己主义的人，我就想早点远离，免得哪天老天霹个雷，连累到我。如果碰到谁我发信息不回，那么我就会记在我的小本本上，这个人离删除也不远了。

毕竟，于我而言，微信好友人数一直处于 5000 的边缘，删除好友有时候是排遣心中压力的方式之一。虽然，这种排遣方式听起来不那么阳光，但是，点删除键的时候，内心莫名能升腾出一种奇怪的爽感。怎么跟你们比喻呢，就像是你在地铁站憋了一泡尿，地铁终于到站了，你一个箭步冲向厕所，那种解放的感觉，你们体会一下。

再后来，事情变得更坏了，我也开始已读不回了。

那倒也说不上故意，实在是朋友圈肿胀之后，越来越多你不知道怎么回复的信息。加上前几天一投资圈的朋友跟我探讨这个问题：说为什么投资圈的几个朋友，他发了信息之后，他们都不回了。他点名道姓了几位，都是我们的共同的朋友圈好友。

我俩一个个分析完了之后，我俩就悟了。

A 已经基本上不做投资了，早就换了赛道，换了公司，有啥好讨论的呢？难道跟你说，我是因为这条路走不下去了，才被迫换的赛道。

B 以前高举 TMT[1] 的大旗，之前撒芝麻似的，撒了一堆公司，第一期基金投完了，一个退出的都没有，那见面聊啥？聊投了一堆，颗粒无收？大家都是有头有脸的人，自己锅底都给你看了，黑黢黢的，江湖上还混什么？不如苟着，不回。

C 是以前我这位朋友投资的项目负责人，那个项目黄了。我朋友本着投资人的初心，就想着帮攒一个新局。虽然，我朋友心态很开放，但是，这位创业者做黄了项目，还有脸来再"霍霍"我朋友的钱吗？这点羞耻心还是有的吧？

D 呢，也不是不联系。有项目的时候不联系，项目早期的时候也不联系，等过了好几轮了，需要接盘了，开始回信息了：我最近有个项目啊，还不错，你看看投点。明明都是风险投资，接盘的时候都是 B 轮以后了。

我呢，依然保持着我良好的习惯，能回的信息尽量都回，也会尽量做话语的终结者，以示礼貌。

最常不回的情况是，我的群太多了，几百个群，有时候有些人发我信息就会被顶下去。我一般翻到前几页，看到后面都是群的话，我就默认是不重要的信息了，选择不再翻找。

当然，也有那种三百年不联系的人，突然，一联系我，就是个巨大的活儿。比如，找工作，找投资人，咨询一些公司的信息，或者找大集团的老总给勾兑个事情。这些都是很

---

1 即数字新媒体产业，TMT 是科技（Technology）、媒体（Media）和通信（Telecom）三个英文单词的缩写的第一个字头组合。

花精力，并且有时候，我给他们对接上了，他们的实力也无法承接得住。各位换位思考下，原本就不熟悉，动不动就给我找一个大活，我是上辈子欠你们的吗？所以，通常这类我也是不回的。

还有一些常规的不回：给我孩子投票，给我老公投票，给我想拍马屁的上司投票。

我的化妆品很好，我的面膜很好。连张庭都被端了，好什么好啊！

我的拼多多需要砍一刀，我的火车票需要抢一下，只有用上了我的保险你才能过上幸福生活之类的。

连我妈这种包容的人——天天跟我说，多体谅体谅别人，大家都不容易——也忍不住把这些人屏蔽了。

不管社交媒体多么发达，加好友多么容易，交友的本质，可能从未变过，即成人达己。不能只达己，不成人。碰到已读不回的时候，我们也得思考下，对方为什么不回？即使我们都在一个朋友圈里，我们有很多共同好友，而我们的处境早已今非昔比了。

Chapter 07

章节七

假装 在思考

我留恋人间的繁华，又不想全情地参加，

刻意地保持距离，做世俗的旁观者。

你怎么劲儿劲儿的

有一个多月没更新了，发现还涨粉了 40 多个，简直感人。

最先质疑我没更新的是我爹，一个对别人要求很高，对自己非常宽容的处女座。

他说：做事要坚持，不能半途而废。

我虽然不太听我爸的话，但是，我觉得他说的对。

我爸最大的特点就是絮叨细心，他老絮叨的那些我理解后觉得对的名言，我确实是好好记在心里的。

我最近发现我岁数越大，心境越事儿。

病灶表现在，看不惯很多事情，这大概是固步自封的第一步。

老板做事没章法看不惯，合作对象三观有些许蹊跷我看不惯，某偶像一直微博数据注水我看不惯；最大的问题是，我自己我近来也不是看得很惯了。大概是因为发际线日益后移，眼袋日趋变大，面容一直往歪瓜裂枣发展，朋友每次跟我说保重，我的肉还真认真执行了，虽然我不需要那么多脂肪的囤积，但是它们的执行力也是略微感人了一些。

很多事情，虽然看不惯，也不至于动怒，当然也幼稚地动怒过，觉得太过伤元气就放弃了。不管是恨或者愤怒，都是极耗体力的事情，不是一两罐红牛或者咖啡能立马精神起来的。比如，前几天因为楼上装修跟上海男人吵架。吵完，我就觉得自己像一个泄了气的气球，很想睡觉。

这些事情告诉我们什么？太上头的事情就不要做了，除了是让你上头的恋爱。

后来，我周围的朋友告诉我，恋爱这种东西太贵太累也很伤元气。我暗暗想着，人类的懒已经到懒得交配的程度了，连动物性都不高兴履行直接就开始追求高级别的自我实现了。真是有趣得令人震惊。

另外我发现，岁数大了吧，要么越来越忠于内心，要么越来越忠于现实。选择前者的脑壳在后者看来一定是坏掉了。有回酒过三巡上了点头，我跟人谈了我的理想，后来酒醒之后，后悔不已：你脑子有病吧，理想就是内裤，你逢人就给人看内裤，是有怪癖怎么的。回想起听者迷茫的眼神和呆滞的表情，他们内心一定是先说了句：你没病吧。后面懒得回应了。在他们眼里，我如果不是个神经病，就是真的真的喝多了。

讲理想和讲自己的相信给别人听，有时候显得愚蠢，有时候显得动人。

这个故事告诉我们什么？喝酒差不多就得了，想走心的那个，多半太过天真。另外，人生也是个不断打脸的过程，不要把打脸的机会放到别人手里，你自己打自己脸，叫自我反省。别人打你脸，多半就是嘲笑了。

生活，其实挺容易让人迷失的，毕竟，我们这个年岁的，生娃的就开始了屎尿屁的庸常生活了。每一天的生活都安排得满满当当的，不带你一丝的喘息。有时候觉得人性光芒的泯灭，是在996的自我沉浸式的受虐爽感中，有结果的倒是还好，但大多数是"丧尸"。本质上，捣糨糊才是大部分人的人生态度。你要是自甘平庸倒也罢了，最怕是还做着飞黄腾达的美梦，那就是悲剧的开始了。

每个时代的年轻人都会迷茫，但是每一代的年轻人都在追寻生命的意义，我们披荆斩棘，不过是想给生命打上属于我们这个时代的烙印。

安利下彭磊的微博，最近是我快乐的源泉。每一个喜欢二次元的人都比别人多一个世界，他们在三次元里隐忍，在二次元里撒欢。灵魂这东西，总要有地方安放呀！（那叫：内心尚未崩坏的地方，嘿嘿！）

我最近有点不痛快，但是我在学着和自己相处，找到内心的自由与宁静。随缘真是一个佛性的好词儿，我最近很爱它。

不喜欢罗永浩和杨超越的可能是同一批人

生活无聊，乏味，有时候当我们不能理解的事件出现后，生活还略带一丝晦涩。生活好在毫无意义，能让我们每个人赋予了不同意义，不管是旁观者和参与者都兴趣盎然。情绪在誓要干翻世界和被世界干翻之间摇摆，咂咂嘴，嘿，再来一次，循环往复，直至生命的终点。

罗永浩就是这样的一个人，他不断折腾着出现在人们的视野里，江湖上永远有着他的传说。他虽然没有认真上过一天传播学，但是因为出身底层，他是深谙人性的，不管是哗众取宠，还是他在认真地在参与时代事件。所有的事情，他只要开头，在我的朋友圈就已经写好结局。一部分人嘲笑，一部分喝彩追捧。大家也剔去了作为中产阶级知识分子的含蓄，直来直去地发表观点。毕竟，说罗永浩还是相对安全的。

对于罗永浩，我停留在，这是一个有意思的人，买过他的坚果 pro 手机，从应用层面甩很多安卓手机一大截，但是也不得不承认硬件上存在一些硬伤，跟我的大苹果相比，坚果手机在更多时候是个配角。

罗永浩的口条是大多数人佩服的，他看似调侃的语气、自黑的语气，确实是说出了一些通识的人生道理，是在庸常的课堂上未曾听过的。在我的理解，他从延边的小县城高中没有毕业，去过韩国，后来在帝都，做过蓝领，打过杂工，他比我们更有资格谈论生活，他的大学是在人间的。而我们上过的大学，更像是一个游戏的设定，是固定好的，到每一个关卡，就会有已知的套路出现：你得考四级、六级，写毕业论文，出国。如果渴求一些权力，你还得去学生会，当学生会干部，然后在那个象牙塔里面沾沾自喜，以为自己真的站在了食物链的顶端。等真的到了社会，发现过往的那点学校里的小打小闹根本不值一提。从步入社会的那一刻起，你才会知道什么叫做人生。对于某个圈层的极致追求，其实也等同于画地为牢，作茧自缚。

我更愿意相信，那些他吹出来的金句，都是他真实体悟人生的底色后发出来的自嘲。我们总是带着很多有色眼镜去看人，觉得没有上过大学的就没有智慧，我们总把学历与智慧划上等号，如果论学历，中国现代文学大师们，好像没有几个能拿出来说的，都是半吊子。但是，直至今日，我们还是在精神上追随着他们，诵读研究他们。

我很喜欢在晚上临睡前无限地查看朋友圈，当嘲笑罗永浩成为一个群体无意识的时候，我觉得社会病了，好像嘲笑他变成一种时尚潮流，是在朋友圈开启共同话题和论调的某种钥匙。

我的工作让我有机会接触到所谓的"大佬"们，不同领域不同层次的。很多"大佬"太迷恋自己"大佬"的地位，给自己建造了一个所谓的"神坛"，等着一些人去朝拜。而人类的注意力被各种事件牵扯，大家也不会去一直膜拜"大佬"，把他当成真的偶像明星去追捧，"大佬"们庸常也会寂寞。几杯酒下肚，吹的也都是过往的故事。

我更敬畏的是，例如，褚时健、牟其中这样的人，也有罗永浩。他们不惧怕被现实打倒，他们永远有站起来的勇气，他们积极地参与世界的创造，而不是热衷于建造那个不存在的"神坛"。

这个时代永远不可能属于那些没有上过牌桌的吃瓜群众，它只会属于那些炽热地积极参与到这个时代的人。

私以为，不喜欢罗永浩的和不喜欢杨超越的大概是一种人，或者有部分重合。这部分人身上烙着社会达尔文主义和短期主义，也许他们并不知晓。他们在心理上慕强，以及渴望及时反馈。

他们觉得像罗永浩、杨超越这样没有家庭背景、没有学历的人，突然间一夜成名的人都是运气好。他们看不到这些人刨去世俗的价值评判后还有优点。比如：罗和杨都是那种小时候被父母放养的孩子，他们身上有一般人少见的自由意志和从小被父母极大尊重的思考能力，当大部分同龄人遇到困难问父母的时候，他们已经学会用自己的方式和视角去解决了。网络酸民酸的本质是，我按照标准奋斗了那么多年，竟看到这样的意外，突然对自己的人生价值产生了怀疑。而这种怀疑如果早一点，我觉得会更好，我们会活得更通透更明白。

直播时，多个群的好朋友都在实时吐槽。罗永浩的直播更像是一个老父亲，用着很多年前新东方教学的语气，用着锤子手机发布会的节奏。从直播的角度来说，是冗长的拖沓的，根本没有掌握直播的要领和直播间围观群众的心理。好在时代还足够宽容，老父亲作为第一代网红，社会影响力以及话题性还在。

我叹了一口气，这个世界如我，还有一圈理想主义的人，愿意去维护另一个理想主义的人的梦想。

有人问我，带货达人的直播和罗永浩的直播有什么不一样呀？当然不一样，如今的带货达人们是直播的原住民，他们的成功是被直播带货的发展史一步步培训出来的，罗永浩就相当于一个老父亲，一个突如其来的闯入者，他的理想并不是直播。直播对他不过是在赚取通往梦想的盘缠，而对带货达人是安身立命的本钱。从根儿上，就不是一回事。

老父亲这次阶段性的胜利，被很多人看成是里程碑的事件。2020 年甭管你是谁，都有可能变成一个吆喝卖货的微商，只是卖的是不同的产品。老父亲屡战屡败，屡败屡战的气质是我最敬佩的。作为生来就不是人生赢家组的我们来说，这可能是人生活得精彩的最重要的品质，我称之为生命的韧性。

中华田园女权主义

女权，我不解释大家也能品出个大约的意思，毕竟这几年即使不主动了解，周围也很多事件发酵了这件事。这确实是一个漫长的事情，非一朝一夕，但是经过这么多年全世界各国女性的努力，确实取得了长足的进步。

中华田园女权，是什么样的女权？百度上，知乎上给了很多的定义，内核和外缘，我觉得都不准确，在我看来得了PTSD的女权就是中华田园女权。

PTSD啥意思？创伤后应激障碍。也就是说，长期受到某种不公平待遇之后，即使是过去的那种情况不复存在了，却形成了某种条件反射式样的反抗，过激的反抗，焦虑性失常。

我不是一个女权主义者，严格意义上我应该算是一个主张平权的人。我对自己的性别严格来说是模糊的，尤其在工作的时候，大概是因为这么多年忙习惯了，性别早就融化在绩效考核里面了。况且现在大部分的工作又不是让你胸口碎大石，举铁负重，大部分都是脑力劳动，哪怕你大姨妈缠身，除非痛彻欲绝，大体上不大影响我们的工作。但这也不意味着如我这类人没有女人味，只是在大部分语境下，某些特质是不需要过分展示的，别人更在意的是你的输出，能不能愉快的合作。

我不爱过那么些的节日，节日对我的意义，是留一些关爱给爱的人，比如：母亲节、三八节，要记得给自己熟悉的女性长辈送点东西，发个红包，不稀罕一定要拾人牙慧说要过什么劳什子"女神节"。

问题就在于这天，朋友圈的各种状态。好端端的一个"三八妇女节"，愣是炸出一堆田园女权，大喊男女平等，大喊要让男人帮着买这买那；大喊我们要拥有生育自由、结婚自由；大喊男人都不是好东西，我们要成为自己的主人；大喊着，与其结婚不如单着，即使结婚，婚前一定要有财产协议，要做好财产公证。你要是真能把可能发生的事情都列举得滴水不漏，我敬你是个半仙。她们大喊着，为什么男人不能生孩子，女人生完孩子身材都走形了，身材走形了还有男人要吗？大喊，男人算什么东西，还不就是想骗女人上床。她们问，欧美都有女总统的，为什么中国女人不行？日韩女人结了婚就不工作了，为什么中国女人不行？

我们能不能不要每天幻想着全世界都迫害女人的戏码。

谈个恋爱，就说男人龌龊，就是想上床；找个老公，就说自己苦啊，沦为生孩子的机器，看见个什么言论，都觉得在侮辱女性。日子都是你们自己选的，你有权利不上床，不生孩子，不享受性爱，没有一个人拿着刀架在你脖子上。

网络上情绪被煽动得不行，有一种揭竿而起的陈胜吴广的感觉，燕雀安知鸿鹄之志哉？我是不知道谁在物化女性，我甚至品出，是女性在物化甚至矮化女性。喊口号最容易，这跟键盘侠是一个逻辑。但是，做起来终究是难的，而且是逻辑不自洽的。

从某种意义上来说，男女真正的平权暂时是不可能的，毕竟生理结构以及思维方式造成了这种差异。但是，你不能说，我不愿意一起分担生活中出现的所有的危机，只愿意享受共同生活中的美好。你不能说，要承担责任的时候，就一副"请回吧，大爷"的态度。你不能一边说，"你看欧美都有女性领导人，为什么中国不行？"但是，大姨妈一来，就一副全世界都要让着你的弱鸡样。女权挺好的，就怕很多东西假以女权的名义，玷污了它的名声。

我没有从这些言论中品出独立的精神，倒是品出些自私自利来，也品出些双标来。把全世界的女权表现，在适当的时候，都拿出来维护自己的权益。一旦需要承担责任的时候，又是一副"跟我何干"的样子。权利的均等都是要靠自己去争取的，在家庭的小环境里面更甚。你不管是谁的妈妈或者妻子，你想获得另一半的尊重也是需要付出努力的。

一哭二闹三上吊，即使是获得了自己想获得的东西，也未必能够赢得尊重。你也不能家庭生活天天喊着某种主义，这日子是过还是不过了？

今天这个营销号说，女人就应该活成这样这样，她们跟着附和对对对，明天那个商场活动说女人要对自己好一点，买买买，她们也觉得对对对，被外界的价值观牵着鼻子走，制造自己与男性的对立，激化某种矛盾。

我不知道那些真正值得尊敬的女性，有没有一天叫嚣着要打败男性。我未见董明珠说自己女权，也未见李兰娟大喊女权主义，一天到晚搞得乌烟瘴气的倒是些伪军，因为真的值得尊敬的女性都用行动真刀真枪地做出来了。

生活不管对于谁来说，都不容易。也没有什么配偶是先天就严丝合缝地合拍的，好的两性关系都是因爱而相互包容。

中华田园女权，对于男人的态度，倒不像是一个平等的人，她们更想男人变成跪舔的狗。

GIRLS UP [1]

我对茅盾的书，先前是没什么兴致与印象的。语文课本中收录《白杨礼赞》，第一句就觉得没多大兴致：我赞美白杨树。脑补起小时候习得的朗诵腔，真是了无生趣。后来，有一天，我读了茅盾小说选集，我发现我错怪了他。印象深刻的有两篇，第一篇名叫《幻灭》，另一篇名叫《创造》。为何对这两篇印象颇深呢？读完你分明发现1920年的女性和2020年的女性，这一百年间，中国女性焦虑的问题从本质从未变，性压抑、男性附属。

中国的平权不是奋斗来的，是国家赋予的，是某一天《婚姻法》中规定妇女应该享有同等的各种权利。我们被告知"妇女能顶半边天"，你不能说是畸形，但是它肯定有一些矫枉过正。所以，有点显得廉价和田园，有的时候更是一种悲壮，或者一种寂寥，像是空旷的土地上的一个人高喊着某种

---

1 女孩崛起。

宣言，而传来的只有回声和无人应答。对女权理解有某种程度上的扭曲，是因为我们没有真正地理解过这件事，便被告知了结果，事情没有经过奋斗得来，便不能理解国外那些妇女的平权运动真正的内核是什么。

19世纪20年代茅盾《幻灭》中的女性，自我主张去参加革命运动，发现不过是圈了一波年轻人，玩一种"闹恋爱"的游戏。

> 闹恋爱尤其是他们办事以外唯一重要的事情。单身女子若不和人恋爱，几乎罪同反革命——至少也是封建思想的余孽。要恋爱成了流行病，人们疯狂地寻觅肉的享乐，新奇的性欲刺激。
>
> ——茅盾《幻灭》

所以，受过教育的知识女性，知道有"女权"这东西存在，但是，好像从未真正见过。自己的父辈们仍然是封建王朝留下来的思想，女人不过是男权世界的依附的东西，还是应该好好地找对象，结婚生子，相夫教子。这就让你们见到一些景象，父母面对外部的冲击无法逻辑自洽，而把自己的社会压力转移到孩子身上。

他们会在孩子在大学的时候，嘱咐孩子一定要好好学习，不要谈恋爱。大学一毕业就让孩子原地结婚。这显得毫无逻辑和道理，但是家长们急吼吼地运用一切拔苗助长的手段，希望自己的孩子像玩一个人生游戏一样，毫无情感地达成某个目标。如果你不按照这个社会指标去完成，父母就要遭受周围人的指指点点，他们弱小的心脏以及上一个世纪很多历史事件造成的委屈求全的价值观，让他们把社会给他们的压力通过絮叨，毫无保留地抛给你，安放在一个"我都是为你好"的所谓善意的外壳里。

父母的那些道听途说的价值观，你也不能斥责他们读书太少了，好像也不能斥责他们所谓的亲情之爱没有道理。这在某种程度上构成了父母和孩子之间不可能调和的矛盾，这种矛盾无助于剩女们更好地解决伴侣问题。

自己家父母还没有摆平，未来的伴侣家又有一大堆可以预见的问题。比如，大部分的婆婆对于媳妇的理解：新娘新娘，新的娘。鲜有准婆婆真的觉得是找了一个女儿之类的，大部分的婆婆觉得，不过找一个能接替我照顾我大宝贝儿子的佣人。很多男性也会拿着妈妈是如何伺候他们的标准去要求作为伴侣的女性。这就很扯淡，现代社会都是社畜，凭什么女性就该承担所有的家务，丧偶式带娃。那结婚的意义到底是什么？

如果奔着结婚是为了去另一户人家当菲佣，那么到底为什么要结婚？

阻挡女孩奔向美好幸福的第一座大山，是父母的圈养式的教育。第二座是未来婆家的对于媳妇的理解。第三座就是大部分男性对于自己性别的理解确实没有与时俱进。他们在妈妈的照顾和溺爱之下，真当自己是少爷，觉得找媳妇应该是一个养成系的游戏。他们会不断地去找更年轻的，因为找未知的女孩更容易塑造成自己想要的样子。就像是《创造》里的男主人公，家境殷实，挑来挑去都不满意，于是找了个小很多的，开始养成。让她读规定的书，把她按照自己的喜好培养，让她关心政治。等她真的关心政治，扬言要去参加妇女运动了，又开始厌恶了，说对方断然没有以前安静贤淑，有一种自己毁了自己作品的懊恼。

男主人公君实需要的不过是一个傀儡，"他是要人时时刻刻信仰他，看着他，听着他，摊出全灵魂来受他的拥抱"。

男人似乎从来没有想过和女性是平等关系。大部分中国男性，内心只能认可比自己弱的女性做伴侣，他们热衷于这种养成系的游戏。所以，女生一旦年纪大了，有自己的主见，见过世面的，容易被一些男性视为威猛的老虎，碰不得的存在。

我见过的大部分男性，对于自己伴侣有不同程度严苛的要求，用各种言论去打击她们不够好看，不够出色，工作成绩平平，即使男士自己也一塌糊涂。因为他生来占据第一性的角色，占有言论的上风。女性大多敏感脆弱，禁不起这样言论的抨击，就拼命要去变美变瘦变得出色。

私以为，古时的社会舆论导向也应该是男性主导的，所以，女性这种生物也被创造了更多的焦虑。以至于一个女性如果胖了，丑了，不白，长相不幼齿，你就有原罪，从来未见得对于男人的长相有多少怪罪。现在周围的女性从18岁就开始修修补补去整容，虽然整容医院可以修补外在的不完美，可是何为完美？我常常也觉得整容这件事是男权主义和消费主义共同竖起的一面割韭菜大旗。我好像也不能苛责说，一个女孩子要变美有什么过错。但整容之前，我希望她们有独立的审美，而不是依附于现今社会认同的"白幼瘦，傻白甜"。

我写这些，只想告诉大多数女性，你们剩着或者被数落，真的不是因为你们不好。我跟国外的女生聊天，我说中国女生到了30岁如果没有对象就特别丧。她说为什么？我说，因为在中国的理解里，她们就是败犬女王。她说，可是30岁不是人生才刚刚开始，她们还那么年轻。

我说：是的，可是我们社会的整体价值认同体系还在清朝！

我在寻找一种坦荡的孤独

朋友胡老师会特别直接地嘲笑我说，这种话给我 00 后的学生看到，真的会笑死你的——这人脑子到底有没有毛病，说这些不痛不痒的话。我回南京时候，我们两个人就着一瓶红酒，慢慢聊了一晚。真的很久很久不跟人聊那么久、那么深刻的话题了，把自己的相信说给别人听是一件多么动人的事情，但是因为对象的不同，也可能会显得可笑，大部分时候还是会显得可笑吧。

曾经的摇滚青年——虎哥，也被岁月或者生活收拾得服服帖帖的。我可以理解很多人对生活的妥协，无力，接受，不辩解；但是我很难接受，我周围这群赛博朋克的人，跟我说出这样的话。那天又在思考，我为什么总是一次次地出走，一次次地放弃稳定的工作、还凑合的收入。我到底有什么资格或者资本如此的傲娇与不妥协。我觉得我好像没有资格，但是我总是会这样去照着自己的欲望，照着想要成为的样子一步步像蜗牛一样向前走。

我也不喜欢和人群走得太近，不喜欢加入大家的狂欢，我总是走入寂静，走入非人群的方向，很奇怪，几乎是基因中携带的。我从来不想解释我的行为，不管跟谁都不解释，我懒得解释，我也不想听那些有的没的意见。这个世界不缺少意见啊，缺少的是践行。我也觉得世界真的太过吵闹了，我一面留恋人间的繁华，又不想全情地参加，刻意地保持距离，做世俗的旁观者。我也无法为自己的行为带来解释和注脚，我无法给好奇的人一个解释。

某一天，在家看柴静《看见》的新书发布会，我好像得到了答案，就是世界也会有很多如我一般的人刻意地回避着某种社交，某种人群，某种狂欢。我们就是想以这种刻意保持与世界的距离，来保持自己的独立思考。

如果不出意外，应该此刻我是在英国的教室里面的，去英国到底是为了学习点什么吗？我不钟爱考试和正确答案，但我迫切地觉得，我想要新的东西进来，我需要掏空过往的自己，并且我也不惧怕一切从零开始。走向人群的反方向当然会辛苦，会受到很多质疑，我已经惧怕跟老同学们去聚会了，因为他们问我的常规人生问题，我不会，我做得也没有他们好。

胡老师说，不需要活得太哲学，就真真切切地去感受生活本身。

我说，如果我年轻 10 岁，也会觉得我以上的反思、对自己的解剖很可笑。

恩师五月底去世了，即使不常联系，他的离去，心里只冒出四个字，"树，不在了"。我想他给我心里的力量是无穷的，只要他鼓励我，我便拥有了巨大的能量，一路无所畏惧地向前。我们总是要向前，可以活得哲学，也可以表达得哲学，即使生活得无比真实和踏实，依然会有如我这种人去形而上地思考吧。

我想我一直在寻找一种坦荡的舒适的孤独，没有被裹挟那么多的声音，只有我自己的坚定，人总要学会和自己相处，孤独是人生的必修课。

好久没有更新了，我只是在想中产阶级的连载，还要怎么更有血肉地走下去。以及告知各位一下，我还在，我的书也还在写。

对于中年油腻的一些最新观察

人性经不起揭穿，所以，我们需要一点点的情商。人性如果经不起揭穿，那就不要揭穿，做一个观察者也很容易上瘾。

套路

如果一个中年人单纯得如同一张白纸，你也会觉得这个中年人过往的几十年的人生是白过的，因为他们居然没有吃一堑长一智。但是，如果一个成年人自己总结了某种套路，并且不分人物个性地施展在所有的人身上——这还不顶顶重要，顶顶重要的是，他们在玩弄他们自己那一套套路的时候，总觉得对方没有见过世面，演着演着还上瘾了。这样的患者通常不是自恋就是蠢，或者是看见隔壁老王这么演的，那就照葫芦画瓢连台词都不变地演一遍。

每一次讲着"我有一个朋友""我的好哥们"的戏码，台词一遍比一遍戏剧化，气口留得一次比一次密集，很期待全场宾客等着他抖包袱，你就感觉这个人不是一个人，是一块滋滋冒油的五花肉在通往变成油渣的道路上。

聆听

中年人的耐性很奇怪，要么变得极好，要么变得极差。极好的那种，我们通常会觉得，这个人果然经历了岁月的包浆，有容乃大，整个人都如玉一般温润起来。那些耐性极差的，谁讲话都听不下去，无论谁说话，都情不自禁地打断，恨不得配一块惊堂木——你们可别说了，我可是要登场了！然后，很奇怪，就看着他全场插嘴但插不进，一身汗，总觉得自己被别人比下去了，挑着缝隙就得说一说，老子当年如何英勇神武。

如果再老一点，这样的人失落感会更大，因为他永远不要听你说，他只要别人听他说。当自卑和自信的两个小人在体内较量的时候，自卑一定会占了上风。一个人不会永远站在舞台中央，自卑的自己出来了，外在表现就会愈发乖张与古怪。

不谦逊

看过的都会，听过的都懂，做起来永远一塌糊涂。总是觉得整个世界都是小菜一碟，每一件事情他们都深谙其道。他们深藏功与名，年轻人在他们眼里就是个不懂事儿的小屁孩。脸上永远有一种不可辩驳的表情。可是，做出来的事情却没有年纪该有的分量和担当，还要让人屈从于他们的威严。在这个互联网平权的时代，这是很难实现的。

每个人都不会擅长所有的事情，组团队也好，人际交往也罢，并不需要自己给自己架一个不存在的神坛。把自己供奉起来，就只能自己玩儿自己了，只要你自己不觉得无聊就好。神坛好建，香客难寻。

热爱讲道理

有些中年人热爱跟年轻人讲道理。文化反哺的时代，且不说，你们讲的那套三纲五常实不实用，就说说年轻人如果都热爱听道理，那年轻人还是年轻人嘛！年轻不就是充斥着叛逆、尝试、天真，傻得冒着热气啊！不要总讲道理，真要讲道理，年轻人也是不听的。

所以，当你想用你那套几十年前的实践去指导现在的年轻人，在某种程度上，是给原本有广阔思维的他们画地为牢。顺便反思下，如果你按照你那套逻辑，都没有活明白，没活出什么真的自我，取得巨大的成就，还要让年轻人去追随你那套逻辑吗？是准备要组成一个"失败者联盟"吗？

一些观察，请不要对号入座。

我们一边呼喊言论自由，一边捂住别人的嘴

我有个口头禅——"您先说"。我自知自己特别能说，所以总是把表达权先让渡给别人。以至于有时候在交流的过程中因为说得太多，被人投诉，"我在说呀！你不要催我！"网络环境似乎就相反了，大家争抢着第一个发言："我先说！"每个人站在自己的角度，试图揣摩出某一种真相，更有人持定阴谋论，破口大骂。早上有读者后台留言说：想知道你怎么看待无锡的事情。我立马去补课，到底发生了什么？

戏谑如我，脑子里的第一个场景居然是邓超的《银河补习班》，在剧集的开头就发生了类似的案件，邓超设计的大桥坍塌了，他成了最终的替罪羊，一辈子都在为这件事背负沉重的精神枷锁。微博是个好地方，它像一个广场，这个广场什么样的人都有，什么样的言论，你都能看见，你可能开始时会气愤：怎么会有这么多无厘头的言论？甚至有些明显带着恶意。等你围观了一段时间后，你开始相信，很多大的坏

事发生之后，群众们并不想知道真正的真相，我们只愿意相信我们认同的真相，并为这种真相找寻更多的认同。

我们一直一边叫嚣着我们需要言论自由，一边又捂着别人的嘴巴。"你不要说，我来说。""我说的都是对的，而别人都在瞎胡扯。"

翻看关于无锡事件的种种言论，大致有三种论调。

一、骂别人没文化的，大桥超重200%，当然有可能产生侧翻。

二、骂豆腐渣工程，中间有很多官商勾结的，这种工程验收怎么做的！

三、可怜的小老百姓们，生命就这样意外地被结束了！

然后，键盘侠开始彼此唾沫星子乱飞地攻击谩骂。

微博虽然是一个看不见的战场，但是你好像看到好多自以为是的灵魂，揪着对方的衣领，只为表达自己认为的真相才是真相，而别人的角度都是狗屎。

记者们愤怒地在微博上讨伐，为什么现场被封锁了，为什么不给报道，到底有多少见不得人的东西。

实际上，不管政府多么努力地让负面消息变得可控，记者们都挥斥方遒地让边角的信息流组成一个完整的故事。我们都没有办法得到百分之百完整的真相，因为，每个人看待事情都会带一定的偏见。

过得不够富足的小老百姓，会抱怨政府；记者为了抢得足够吸引眼球的新闻，总会期待事情永远不要看上去太简单；政府当然有自己的考量，社会的长治久安才是经济发展的前提；具有人文情怀的人，总是在慨叹，多么鲜活的生命啊，就这么白白葬送了，还是期待政府查出真正的真相吧！

我们不管如何气愤地骂某一方，言论都是廉价的。我们并没有为这件事做出实质性的努力，我们只是动动嘴皮子，把压力施加给跟这个案子有关的所有人，然后翘着二郎腿喝着可乐。

每一个人的存在，对于芸芸众生来说，都太过渺小。每一个人的存在，对于某一个家庭来说，都是重要的成员。死了的人，总有家人朋友为他们伤心可惜，活着的至亲一定是会伤心的。可是伤心就不要活下去了吗？还是需要慢慢疗愈自己，然后坚强地走下去。

我很怕，最后彻查出来的被认定担负责任的人，以及他的家人要背负一辈子的精神枷锁。那些想要多赚点钱的卡车司机，真的就多十恶不赦吗？可能只是期待能更多贴补家用的"别人的儿子""别人的丈夫"。

如果，这家人还有小孩，这个小孩可能不管生活在什么样的社交场景内，一旦被人知道他的爸爸背负这样的罪名，这辈子都没有办法跨越心里的那一座沉重大山。可是，这个孩子做错了什么吗？他的爸爸做错了事情，他这一家其他的人都应该一同去死，不配有好好活下去的权利吗？

《我们与恶的距离》里说：你们可以随便贴别人标签，可是你有没有想过，你在无形之中也杀了人。

我期待真相，但是我知道不管什么样的真相，我们都不能代替在这个事件中受到伤害的人，或者伤害别人的人过生活。

我了解到所谓的真相从来不是这类故事的终点，善后和预防才是。

伪知识分子的对话

我总是有一些朋友，不常见面，不常联系，话从哪说起就从哪说起，到哪儿结束就到哪儿结束。没有那么多负担和要求，只是灵魂深处的对话，我想我是得感恩的，这完全符合我"热闹又疏离"的灵魂。

他发出一个议题说，我是抗拒计较和生气的，即使我内心里面已经爆炸了，我表面上还是会说一句：没事。

我答：那是没有时间在乎吧！内心里面并不在意。

他说：其实，非常在意，非常生气，非常觉得不爽。但是，内心仍然很难建立起对一个人纯粹的敌意或者仇视。

有些人会觉得仇视或者敌对一个人是不体面的，会害怕被认为是一个心胸狭隘的人。但是，本质上已经达到了讨厌或者恨的阀值了。只是因为害怕不体面，所以把那些敌对情绪或者恨意压制了。

这么做的结果是，你就会忘记如何正常地讨厌或者敌对某个人了。

敌视和仇恨是真的很浪费时间，也很活在过去吧。

有的时候，我觉得自己是无法正视一个不完美的自己。你明明是一个鲜活的人，你该有爱恨情仇。可是，我们无法接受一个真实的自己，真实的自己是有 B 面的，是有负面的，是会有仇恨的，是有嫉妒的，是有厌恶的。但是，一旦发现自己有这样的情绪，内心就有个声音，"你怎么能这样呢？太不体面了吧。自己读那么多书干嘛去了？"可是，你不接受不代表不存在。

就像有太阳的地方，就会有阴影一样。

生活中，我时常如此。明明对方的行为已然让我极度不爽了，脑子里，还时常"伟光正"地要求自己：你要懂事，你怎么能生气呢？你这样很不体面啊，显得很心胸狭窄。

周围人也时常嘴炮说，这点事，不至于，有什么好生气的呢？对你没什么影响啊，你看你钱也没少，人也很好。

其实，很多人站着说话不腰疼。情绪的影响力往往是无形的，这也就是为什么失恋时常的人影响工作。人的精力是有限的，当你被一件事牵扯进太多的能量，别的事情就分配不到更有效的能量了。

这算不算一种对自己的保护机制呢？

写作的时候也是如此，我几乎很少说自己的事情，这也是一种自我保护机制。在我们的价值序列里，即所谓知识分子或者说是读书人，过分地谈论自己是一种很不礼貌的行为。

当我开始写自己的故事的时候，会陷入某种羞耻感里。这样，是不是太吹嘘自己了，太自以为是了，太把自己当回事了。

是不是自己的故事太无聊了，还自以为有趣。而写作者顺畅地去暴露自己的欲望和丑事，是一种基本的职业素养。

最近，我在尝试写一点自己的故事，我都会尽力克制自己的表达，害怕陷入到某种自我吹嘘。

有时候，别人邀请我分享，说自己的人生体验和生活感受。我这么普通，到底有什么可以分享的？编辑们说，多放一点自拍，要时时营业。我内心独白就是，哦，有什么好看的。

我就生怕被别人误会过分自恋。

表达者需要有一种坚定的自恋吧，否则怎么能笃定自己的表达。

知识分子脸皮薄，谈论自己时，还没有等别人说什么，知识分子自己就陷入一种"我是不是在吹嘘自己"的质疑中。谈论自己以及袒露自己，就好像是一块面积不大的遮羞布，生怕不经意就滑落两腿间，那点最后的倔强都没了。

可能有人会说："知识分子怎么那么可怜啊，被你说的我脑中就是非常强烈的穷酸的样子。"

"你代入感那么强干什么？说的你好像是知识分子似的。"

我就是因为不是知识分子，所以，更可悲。这就是"不是知识分子的命，却一身知识分子的病"。

　　昨儿电视台的朋友跟我说，请知识分子参加节目录制，谈钱就很尴尬。明明很在意钱，但是，表面上一定要装作不在意的样子。我直接回复了一句，我也是这样的。

　　谁不是呢？最怕和人谈钱，觉得自己不应该被作价。但是，免费服务当然也是不乐意的，这就是对我的劳动价值的不肯定啊。

　　嗨，总之是不能免俗的。

　　我还是喜欢先跟我谈钱，这样我才能专心做事，不陷入到某种拧巴中。

后
记

这是我出版的第四本书，认真讲，跟第一本书的兴奋和小心翼翼比，甚至有那么些流程化的意思，到每个阶段做什么事情。一本书出版所需要的要素，会在每一个节点提醒自己，甚至敦促编辑。

但是，这本书对我的意义，以及这本书带给我的思考，可能是前几本书没有的，它似乎带领我走向人生的另外一个阶段。

编辑老师说，我看了你前两本书，有一些尖锐。这本书，我希望你柔和内敛一些，希望你能展现出跟前一个阶段不一样的状态。

我之所以起这个书名，是因为我旅居过太多的地方。我习惯于流转于每个城市的宾馆，我能快速地融入每个城市的底色。但是，我从来不觉得我属于任何一个城市。

本书大部分的文章都是在英国写的。所以，文章中，关于我旅居的四个城市里，伦敦的笔墨更多一些，而其他的几个城市的描述，算是我回忆中城市的切片。中国的城市太过相似，我要非常认真地挖掘，像考古一样，把包裹的尘土扫去，让它们露出自己的颜色。

南京，我住得最久。我的人格是它塑造的，我的底色，更接近南京人说的"大萝卜"，对待绝大多数的事情，是认真的，负责的，底色是干净善良的。陈钢先生是我在这座城市最感谢的人，2020年的时候他去世了，我一直留着他在2020年元旦时给我的祝福信息，托江苏广播电台的言亮先生联系到师母，表达了想把那句祝福的话放在书上作为推荐词，表达我对他的敬意以及感谢他给我带来的正面的影响。

上海，滋养了我灵魂，让我呈现出2.0版本的自己，迭代了，更丰盈了。我在这里遇到了我一生都要感激的人，我的老板兼师长袁岳先生，是他一直鼓励我写作，积极地转发，并且在我准备出第一本书的时候，毫不犹豫地帮我写了推荐词。

伦敦，是我厌倦了职场后的心灵的栖息地，我用了一年时间，读了个二硕，又走遍了英国。我感激它，让我像鸵鸟一样，暂时忘掉国内的那些职场的纷扰。我也觉得自己很勇敢，总是在做了选择后，就坚定地去做。即使很多人不理解我的行为，特别是疫情期间还千里投毒。我内心非常感激这一年在伦敦的遇见，让我更有能量回国去面对更猛烈的生活的暴击。

北京，是意料之外的不期而遇。因为忙于社畜的生活，我还没有细细地品味。总觉得，它本身的那些气质，被互联网大厂、996 的内卷，撕裂得稀碎。

但是，最近似乎我突然悟到了打开北京的方式。有我码字看书的单向空间，有乐队朝圣演出的酒吧 school live house，有单立人脱口秀，有羊蝎子，有涮肉，有全世界最好吃的麻酱和特别能唠嗑的出租车司机。更得感谢我现在的老板，俞敏洪先生和盛希泰先生，在我刚入职时，就答应帮我写书的推荐词，这更是一份信任。

还要感谢南京大学软件学院副教授、得到《概率论》的主理人刘嘉老师，我跟他说，帮我写个推荐词，他润笔润了两周，终于在朋友圈扭捏地回复给了我，甚至不是微信发给我。这很符合他的作风，总是会有一些傲娇地不按照常理出牌。

也依然要感谢猫头鹰喜剧的创始人史炎老师给予这本书的支持。

书籍的封面是我无意中翻某个 App，只用了一秒钟就决定，就是它了。特别笃定地觉得这本书，就该是这张照片。照片是摄影师在英国巴斯城的亚历山大公园拍的。我去过那里，夜色降临的时刻，整个城市一片接着一片亮堂起来，你的心也被点亮了一般。这张照片整体很有疏离感，即使是背后拥有整个城市，可是这个城市跟我们没有关系，犹如那些在大城市打拼的，如你如我一样的有炙热梦想的年轻人，我们"假装"拥有这座城市。

最最感谢的是编辑姜若华老师，感谢她的信任，并且耐心地去挖掘我的特质，挖掘我书写的更有质感的一面。

依然诚挚地感谢这么多年，那些在远方的读者对我的支持，跟远方的你们对话，坚持书写，已经是我人生很重要的一部分。从 2018 年出的第一本书，书籍本身带给我的，远比坚持书写本身多很多。它是一种思考，一种坚持，是对人生的记录与复盘。

再次，感谢！

图书在版编目（CIP）数据

假装拥有这座城/小野酱著. —上海：上海三联书店，2022.9 重印
ISBN 978-7-5426-7714-3

Ⅰ. ①假… Ⅱ. ①小… Ⅲ. ①杂文集-中国-当代
Ⅳ. ①I267.1

中国版本图书馆 CIP 数据核字（2022）第 051549 号

假装拥有这座城

著　　者 / 小野酱

责任编辑 / 姜若华
装帧设计 / One→One
监　　制 / 姚　军
责任校对 / 王凌霄

出版发行 / 上海三联书店
　　　　　（200030）中国上海市漕溪北路 331 号 A 座 6 楼
邮　　箱 / sdxsanlian@sina.com
邮购电话 / 021-22895540
印　　刷 / 上海展强印刷有限公司

版　　次 / 2022 年 7 月第 1 版
印　　次 / 2022 年 9 月第 2 次印刷
开　　本 / 890 mm×1240 mm　1/32
字　　数 / 183 千字
印　　张 / 10
书　　号 / ISBN 978-7-5426-7714-3/I·1764
定　　价 / 48.00 元

敬启读者，如发现本书有印装质量问题，请与印刷厂联系 021-66366565